Margaret Peterson Haddix

Entre los impostores

Margaret Peterson Haddix

Entre los impostores

BIBLIOTHECA HOMO LEGENS

© Copyright © 2003 by Margaret Peterson Haddix
Translation rights arranged by ADAMS LITERARY and
Sandra Bruna Agencia Literaria S.L. All rights reserved

© Editorial Ivat S.L., 2025
Calle Nicasio Gallego, 9
28010 Madrid
91 005 35 54
www.homolegens.com

ISBN: 978-84-18162-43-5
Depósito legal: M-26238-2025

Traducción y maquetación: Daniel Laks
Diseño de la portada: Álex H. Poles

Impreso en España - Printed in Spain

ÍNDICE

A Connor

Capítulo 1

A veces susurraba su verdadero nombre en la oscuridad, en mitad de la noche.

«Luke. Mi nombre es Luke».

Estaba seguro de que nadie podía oírlo. Sus compañeros de habitación estaban todos dormidos y, aunque no lo estuvieran, era imposible que el sonido de su nombre llegara hasta la cama de arriba o la de al lado, por muy corta que fuera la distancia. Estaba seguro de que no había micrófonos ocultos ni en sus cosas ni en la habitación. Lo había comprobado. Pero aunque se le hubiera pasado por alto un micrófono oculto en un botón del colchón o incrustado en el cabecero, ¿cómo podría un micrófono captar un susurro que él mismo apenas podía oír?

Ahora estaba a salvo. Tumbado en la cama, completamente despierto mientras todos los demás dormían, se lo repetía constantemente para tranquilizarse. Pero su corazón latía con fuerza y su rostro se empapaba de sudor cada vez que fruncía los labios para pronunciar la «u», en lugar de la falsa sonrisa de la doble «e» de Lee, el nombre al que ahora se veía obligado a responder.

Era mejor olvidar, no volver a pronunciar nunca más su verdadero nombre.

Pero había perdido todo lo demás. El solo hecho de pronunciar su nombre era un consuelo. Ahora era su único vínculo con su pasado, sus padres, sus hermanos.

Con Jen.

Durante el día se mantenía callado. No podía evitarlo.

El primer día, mientras subía las escaleras de la Escuela Hendricks para Niños con el padre de Jen, Luke había sentido cómo su mandíbula se apretaba cada vez más a medida que se acercaba a la puerta principal.

«Oh, no pongas esa cara», le había dicho el Sr. Talbot, fingiendo estar alegre. «No es un reformatorio ni nada por el estilo».

La palabra se le había quedado grabada. Reformatorio. Reformar. Sí, iban a reformarlo. Iban a coger a Luke y convertirlo en Lee.

Estaba a salvo siendo Lee. Siendo Luke no lo estaba.

El padre de Jen se quedó de pie con la mano en el pomo ornamentado de la puerta, esperando una respuesta. Pero Luke no habría podido decir ni una palabra aunque su vida dependiera de ello.

El padre de Jen dudó un momento y luego tiró de la pesada puerta. Recorrieron un largo pasillo. El techo era tan alto que Luke pensó que podría haber sostenido a toda su familia sobre sus hombros —uno encima de otro, papá, mamá, Matthew y Mark— y el de más arriba apenas lo habría rozado. Las paredes estaban cubiertas, desde el suelo hasta el techo, con viejos cuadros de personas trajeadas que Luke nunca había visto fuera de los libros.

Por supuesto, era muy poco lo que había visto fuera de los libros. Intentó no fijarse demasiado en nada, porque, si hubiera sido realmente Lee, todo le habría resultado familiar y normal. Pero le costaba recordarlo. Pasaron delante de un aula con decenas de niños sentados en filas ordenadas, todos de espaldas a la puerta. Luke se quedó mirando boquiabierto durante tanto tiempo que prácticamente empezó a caminar hacia atrás. Sabía que había mucha gente en el mundo, pero nunca había podido imaginar a tanta gente junta en un mismo lugar al mismo tiempo. ¿Alguno de ellos era un niño oculto con identidad falsa, como él?

El padre de Jen le dio una palmada en el hombro y lo obligó a girarse.

—Ah, aquí está la oficina del director —dijo el Sr. Talbot con entusiasmo—. Justo lo que estábamos buscando.

Luke asintió, todavía mudo, y lo siguió a través de una puerta alta.

Una mujer sentada detrás de un enorme escritorio de madera se volvió hacia ellos. Echó un vistazo a Luke y preguntó:

—¿Es nuevo?

—Lee Grant —dijo el padre de Jen—. Anoche le hablé de él al director.

—Estamos a mitad de semestre, ya lo sabe —dijo ella en tono admonitorio—. A menos que esté muy bien preparado, le costará ponerse al día y quizá tenga que repetir....

—Eso no será un problema —le aseguró el Sr. Talbot. Luke se alegró de no tener que explicarse. Sabía que no estaba bien preparado. No estaba preparado para nada.

La mujer ya estaba buscando archivos y documentos.

—Anoche sus padres enviaron por fax su ficha médica, los papeles del seguro y sus expedientes académicos —dijo—. Pero alguien tiene que firmar estos....

El padre de Jen cogió la pila de papeles como si estuviera acostumbrado a firmar documentos de otros.

Probablemente lo estaba.

Luke observó al Sr. Talbot pasar los papeles, garabateando su nombre aquí, tachando una palabra, una frase o un párrafo entero allá. Estaba seguro de que el padre de Jen iba demasiado rápido como para poder leer nada.

Fue ahí cuando la nostalgia lo alcanzó por primera vez. Luke vio a su padre, cauteloso, inclinado sobre documentos serios, repasándolos una y otra vez antes de decidirse a coger el bolígrafo. Recordó esos ojos húmedos, entrecerrados por la atención, y el ceño fruncido por la zozobra.

Vivía con miedo a que lo engañaran.

Quizá al padre de Jen no le importaba en absoluto.

Entonces Luke tuvo que tragar saliva. Hizo un ruido al tragar y la mujer lo miró. Luke no supo leer su expresión. ¿Curiosidad? ¿Desprecio? ¿Indiferencia?

No le pareció que fuera compasión.

El padre de Jen terminó y le devolvió los papeles a la mujer con un gesto teatral.

—Voy a llamar a un chico para que te enseñe tu habitación —le dijo la mujer a Luke.

Él asintió. La mujer se inclinó hacia un interfono que había en su escritorio y dijo:

—Señor Dirk, ¿puede mandar a Rolly Sturgeon a la oficina?

Luke oyó un rugido mezclado con la respuesta del hombre:

—Sí, señorita Hawkins. —Como si todos los chicos de la escuela se estuvieran riendo, vitoreando y abucheando al mismo tiempo. Las piernas se le aflojaron del miedo. No estaba seguro de poder dar un solo paso en cuanto apareciera el tal Rolly Sturgeon.

—Bueno, me marcho —dijo el padre de Jen—. El deber me llama.

Le tendió la mano y Luke cayó en la cuenta de que se suponía que debía estrechársela. Como nunca lo había hecho, primero alargó la mano equivocada. El padre de Jen frunció el ceño, negó con la cabeza con brusquedad y lanzó una mirada significativa a la mujer del escritorio. Por suerte, ella no estaba mirando. Luke se recompuso y le ofreció la otra mano con torpeza.

—Suerte —le dijo el padre de Jen y, ya con la mano correcta, se la estrechó.

Solo cuando el Sr. Talbot retiró ambas manos, Luke se dio cuenta de que le había dejado un pequeño trozo de papel entre los dedos. Lo mantuvo allí hasta que la mujer se dio la vuelta. Entonces se lo guardó en el bolsillo.

El padre de Jen sonrió.

—No me bajes las notas, ¿eh? —le dijo—. Y esta vez nada de escaparte, ¿me oyes?

Luke volvió a tragar saliva y asintió con la cabeza. Y entonces el padre de Jen se marchó sin mirar atrás.

Capítulo 2

Luke quiso leer la nota del señor Talbot en el acto. Estaba seguro de que le contaría todo lo que necesitaba saber para sobrevivir en la Escuela Hendricks para Niños. No, para sobrevivir a cualquier cosa que pudiera sucederle en su nueva vida, fuera de su escondite.

Era solo un trozo de papel muy fino. Ahora que lo llevaba en el bolsillo, ni siquiera lo notaba. Pero confiaba. El padre de Jen había ocultado a Luke de la Policía de Población, traicionando a su propio jefe. Le había conseguido una identidad falsa para que pudiera moverse con la misma libertad que cualquiera, cualquiera que no fuera un tercer hijo ilegal. El padre de Jen había arriesgado su carrera para ayudarlo. No, más que eso: había arriesgado su vida por él. Estaba seguro de que el señor Talbot le habría escrito algo increíblemente sabio.

Luke metió la mano en el bolsillo; sus yemas rozaron la parte de arriba del papel. La señorita Hawkins miraba hacia otro lado. Quizás...

Se abrió la puerta detrás de Luke. Sacó la mano del bolsillo de golpe.

—Te he asustado, ¿eh? —se burló un chico—. Has pegado un respingo.

Luke estaba acostumbrado a las burlas. Al fin y al cabo, tenía hermanos mayores.

Pero las pullas de Matthew y Mark nunca sonaban tan crueles. Aun así, Luke sabía que tenía que responder.

—Claro. Tengo reflejos de... —empezó a decir. Era una expresión de su madre: para ella, tener «reflejos de gato» era algo bueno, significaba estar siempre alerta.

Por suerte, Luke recordó a tiempo que no podía hablar de gatos. También eran ilegales, estaban prohibidos porque podían quitar comida destinada a humanos hambrientos. En su casa, Luke había visto algunos gatos salvajes rondando por el campo. A su padre le gustaba tenerlos cerca porque se comían las ratas y los ratones que podían arruinar el grano. Pero si fuera realmente Lee Grant, un chico ricachón de ciudad, no sabría nada sobre gatos, con o sin reflejos.

Cerró la boca de golpe, dejando la frase inconclusa en un débil silbido. Agachó la cabeza, demasiado asustado para mirar al otro chico a los ojos.

El chico se rio con crueldad. Miró por encima de Luke hacia la señorita Hawkins.

—¿Qué le pasa? —preguntó, como si Luke ni siquiera estuviera allí—. ¿No puede hablar o qué?

Luke quería que la señorita Hawkins saliera en su defensa, que dijera algo como: «Es nuevo. ¿No te acuerdas de lo que se siente?». Pero ni caso. Ella le frunció el ceño al chico.

—Rolly, llévalo a la habitación 156. Hay una cama libre allí. Solo deja su maleta y no pierdas tiempo deshaciendo nada. Luego te lo llevas a la clase de Historia del señor Dirk. Ya va atrasado. Dios sabrá en qué estaban pensando sus padres.

Rolly se encogió de hombros y se dio la vuelta.

—¡No te he dado permiso para irte! —exclamó la señorita Hawkins.

—¿Me da permiso para retirarme? —preguntó Rolly, burlón.

—Así está mejor —dijo la señorita Hawkins—. Ahora, fuera. Anda, vete.

Luke cogió su maleta y lo siguió, deseando que la petición de Rolly valiera para los dos. O bien funcionó, o bien a la señorita Hawkins le daba igual.

En el pasillo, Rolly daba enormes zancadas. Le sacaba una cabeza a Luke y tenía las piernas más largas que él. Luke apenas podía seguirle el ritmo, con la maleta dándole golpes en los tobillos.

Rolly miró por encima del hombro y aceleró. Subió corriendo una escalera larguísima. Cuando Luke llegó arriba, Rolly ya había desaparecido.

—¡Bu!

Rolly saltó desde detrás de la barandilla. Luke pegó tal brinco que perdió el equilibrio y quedó tambaleándose al borde de la escalera. Rolly extendió la mano y Luke pensó: «*¿Ves?, no es tan malo. Va a sujetarme*». Pero, en vez de eso, Rolly lo empujó. Luke cayó de espaldas. Si el empujón no hubiera ido desviado y no hubiera topado con la barandilla, se habría despeñado escaleras abajo. Un dolor agudo le atravesó la espalda.

Rolly se rio.

—Te la he jugado bien, ¿verdad? —dijo.

Y entonces, de forma inesperada, cogió la maleta de Luke y salió disparado por el pasillo.

Luke temió que se la estuviera robando. Echó a correr detrás de él.

Rolly reía a carcajadas, como un loco. Esto no era lo que Luke esperaba.

Rolly se escabulló por una esquina y Luke lo siguió. Rolly descubrió un detalle de la maleta de Luke que no había notado hasta entonces: tenía ruedas. Así que podía correr a toda velocidad con la maleta rodando detrás. Iba dando bandazos, y la maleta zigzagueaba de un lado a otro. Luke llegó a situarse lo bastante cerca para lanzarse sobre ella, pero dudó. Si la maleta hubiera estado llena de su ropa —los vaqueros heredados y las camisas de franela que le pasaban cuando a Matthew y

Mark le quedaban pequeños— se habría abalanzado sobre ella sin pensarlo. Pero dentro llevaba ropa de barón: camisas rígidas y pantalones relucientes, pensados para hacerlo pasar por Lee Grant y no por Luke Garner. No podía arriesgarse a estropearlos.

Así que se centró en Rolly. Instintivamente, se lanzó por encima de la maleta para engancharle las piernas. Fue como un placaje de fútbol americano. Rolly cayó al suelo con estruendo.

—¿Se puede saber qué significa esto? —tronó una voz de hombre por encima de ellos.

Rolly se puso en pie de inmediato.

—Me atacó, señor —dijo—. Le estaba enseñando su habitación al nuevo y me atacó.

Luke abrió la boca para protestar, pero no le salieron las palabras. Lo había aprendido de Matthew y Mark: no chivarse.

El hombre miró con desdén a Rolly y después a Luke.

—¿Cómo te llamas, muchacho?

Luke se quedó paralizado. Tuvo que contenerse para no decir su nombre real por inercia. Luego, por un instante, temió no acordarse del nombre que tenía que usar.

¿Estaba tardando demasiado? La mirada del hombre se intensificó.

—L... L... Lee Grant —balbuceó por fin.

—Muy bien, señor Grant —espetó el hombre, cortante—. Bonita manera de empezar su carrera académica en Hendricks. Usted y el señor Sturgeon se llevan dos amonestaciones cada uno por este espectáculo vergonzoso. Preséntense en mi despacho después del último timbre para cumplir su castigo.

—Pero, señor, ya le he dicho... —protestó Rolly—. Él me atacó.

—Muy bien, señor Sturgeon. Que sean tres amonestaciones para cada uno.

—Pero... —Rolly no parecía darse por vencido.

—Cuatro.

Rolly iba a quejarse otra vez; Luke lo adivinó por su postura. Pero el hombre se dio la vuelta y echó a andar por el pasillo, como si tanto Rolly como Luke fueran demasiado insignificantes para perder más tiempo con ellos.

A Luke se le agolparon las preguntas. ¿Qué eran exactamente las amonestaciones? ¿Cuándo sonaba el último timbre? ¿Dónde estaba el despacho de ese hombre? ¿Y quién era, además? Trató de armarse de valor para llamarlo o, peor aún, para preguntarle a Rolly, pero entonces lo embistieron por un lado y salió rebotado contra la pared.

—¡Parásito! —gritó Rolly.

Luke se desplomó contra la pared. Le dolía el hombro.

¿Por qué parecía odiarlo tanto Rolly?

—Anda, ven, paria —se burló Rolly—. ¿Quieres llevarte más amonestaciones del señor Dirk?

Dio un paso atrás, dando tirones de la maleta de Luke, y la empujó por una puerta cercana. Luke alzó la mirada y vio el número 156 grabado en una pequeña chapa de cobre. Sintió un gran alivio. Por fin algo tenía sentido. Esa era su habitación. El resto del día sería horrible, ya se había resignado a ello. Pero al final llegaría la noche, lo mandarían a la cama y podría venir a este cuarto y cerrar la puerta. Y entonces podría leer la nota del padre de Jen, si no conseguía hacerlo antes. Al caer la noche, lo sabría todo y estaría a salvo, a solas en su propia habitación.

Imaginando el refugio que le esperaba en cuestión de horas, se armó de valor para asomarse

La habitación tenía ocho camas.

Siete estaban hechas, con colchas de color azul intenso perfectamente estiradas de arriba abajo. Solo una, una litera inferior, estaba cubierta únicamente por sábanas.

Luke se sintió tan desolado como se veía esa cama. Sabía que era la suya. Y también que no iba a estar solo en ese cuarto. Probablemente tampoco estaría a salvo, no si alguno de sus siete compañeros se parecía a Rolly.

Deslizó la mano en el bolsillo y sus dedos rozaron la nota del padre de Jen. ¿Y si la sacaba y la leía ahora, delante de Rolly?

No se atrevió. A juzgar por cómo habían ido los últimos diez minutos, Rolly seguramente la haría trizas antes de que Luke la sacara del bolsillo.

Y el padre de Jen había actuado como si fuera un secreto. Si la señorita Hawkins no debía verla, mucho menos Rolly.

Rolly le dio un golpe en el hombro.

—¡Te toca! —gritó, y echó a correr. Presa del pánico, Luke salió corriendo tras él.

Capítulo 3

Luke consiguió no perderle el paso solo porque Rolly redujo la velocidad a un paso decente al empezar a pasar por aulas en lugar de dormitorios. Decente, sí, pero rápido, y Luke temía que en cualquier momento doblara en una esquina y desapareciera. Entonces se quedaría totalmente perdido. Así que se atrevió a trotar un poco para mantener el ritmo.

De una de las aulas salió un hombre alto y delgado, con un bigote ralo, justo cuando Luke pasaba por delante.

—Dos amonestaciones, joven —le dijo a Luke—. Aquí no se permite correr. Ya conoces las normas.

Luke no las conocía, pero no se atrevió a decirlo.

Rolly sonrió con aire burlón.

El hombre flaco volvió a su clase. Luke supo que tendría que arriesgarse a preguntarle algo a Rolly.

—¿Qué...? —alcanzó a decir. Pero justo entonces Rolly abrió una puerta alta de madera a un lado del pasillo y se escabulló por ella. Luke no tuvo reflejos suficientes. La puerta se cerró detrás de Rolly y él tuvo que forcejear con el pomo. Era ornamentado y dorado, y había que girarlo más que todos los de su casa.

«Casa...».

Por segunda vez en menos de una hora, Luke se sintió abrumado por una oleada casi insoportable de nostalgia.

«Qué tontería», se reprendió. «¿Cómo puedes echar de menos... unos pomos?».

Parpadeando rápidamente, empujó la puerta y esta cedió.

Entró a ciegas.

Se encontraba al fondo de un aula enorme. Una hilera tras otra de chicos sentados—decenas, le pareció a Luke— hasta el frente del aula. Allí, el hombre alto y flaco que acababa de ponerle amonestaciones estaba escribiendo en la pared.

¿Era el mismo hombre? Luke entrecerró los ojos, confundido. Ah, también había una puerta en la parte frontal del aula. Por allí había entrado el hombre. Pero, ¿de verdad Rolly y él habían caminado tanto entre una puerta y la otra? De pronto, Luke ya no estaba seguro de nada.

Repasó con la mirada las filas de cabezas delante de él, buscando a Rolly. Se suponía que debía quedarse cerca de él, así que eso haría. Pero ahora ni siquiera recordaba si Rolly tenía el pelo castaño o negro, corto o largo, rizado o liso. En realidad, nunca se había fijado tanto en él; solo lo había seguido y había recibido golpes. Cualquiera de las cabezas que tenía delante podía ser la de Rolly.

El hombre que estaba al frente de la clase se volvió.

—Y los griegos eran... Siéntate —se interrumpió, impaciente. Estaba mirando a Luke.

—¿Yo? —carraspeó Luke—. ¿D... dónde me siento?

Su voz no era más que un susurro. Era imposible que el hombre lo hubiera oído desde el fondo de la clase. Probablemente, ni el chico sentado a un palmo lo había oído. Pero, de repente, todos los chicos de la clase se giraron a mirarlo.

Fue horrible. Todos esos ojos encima. Como sacado de sus peores pesadillas. El pánico lo clavó al suelo, pero cada músculo de su cuerpo le gritaba que corriera, que se escondiera donde fuera. Durante doce años —toda su vida— había tenido que esconderse. Ser visto significaba la muerte. «¡No!», quería gritar. «¡No me miréis! ¡No me delatéis! ¡Por favor!».

Pero los músculos que controlaban su boca estaban tan paralizados como el resto de su cuerpo. La pequeña parte de su mente que no estaba inundada por el pánico sabía que eso, en el fondo, era bueno: ahora que tenía una identidad falsa, lo último que debía hacer era comportarse como un chico que había vivido oculto. Para actuar con normalidad, tenía que moverse, obedecer al hombre que estaba delante y sentarse. Pero no conseguía ordenar a su cuerpo que lo hiciera.

Entonces alguien le dio una patada.

—¡Ay! —soltó Luke, encogiéndose.

Unas manos bruscas tiraron de él hacia atrás. De milagro, aterrizó en la esquina de una silla, recuperó el equilibrio a duras penas y logró no caer al suelo. Se deslizó a la derecha y quedó firmemente sentado en el asiento.

—Gracias —dijo el hombre que estaba al frente con una gratitud exagerada, burlona—. Ven a verme después de clase. Como decía antes de que me interrumpieran tan groseramente, los griegos estaban bastante avanzados tecnológicamente para su época...

Luego Luke dejó de oírlo por el zumbido en sus oídos. El corazón seguía latiéndole con fuerza, como si aún creyera que lo sensato era salir corriendo. Pero Luke se aferró al borde de la silla. Ahora actuaba con normalidad. ¿No? Los chicos que lo habían estado mirando fueron volviendo la vista, poco a poco, hacia el profesor. Luke se secó el sudor de la frente y buscó con la mirada a quien lo había pateado, tironeado y empujado. ¿Habían intentado ayudarlo? Luke quería creerlo con desesperación. Pero los de alrededor miraban al profesor con indiferencia, como si Luke no existiera. Si de verdad hubieran querido ayudar, ¿no estarían tratando de llamar su atención para que les diera las gracias?

Realmente no lo sabía. Sabía cómo actuaría su familia: mamá y papá, Matthew y Mark. Mamá y papá jamás le habrían dado una patada, y sus hermanos mayores estarían dándole codazos, burlándose de él: «¿Quieres que te demos otra o qué?».

Las únicas personas que Luke había conocido antes de hoy eran el padre de Jen —que era casi tan misterioso como los chicos sentados a su lado— y Jen. Y Jen...

Luke no podía soportar pensar en Jen.

De repente sonó un timbre, tan estridente que se le volvió a desbocar el corazón.

—¡Recordad! ¡Capítulo doce! —gritó el profesor mientras todos los chicos se levantaban y salían a la carrera.

Luke tenía intención de ir a verlo, como le habían dicho. Debía de haberse acabado la clase. Pero la marea de alumnos lo arrastró hasta la puerta del fondo antes de que se diera cuenta de lo que estaba pasando. Cuando por fin recuperó el equilibrio y sintió que podía apartarse, ya había doblado una esquina y estaba en otro pasillo. Se abrió paso a empujones para regresar al que creía que era el pasillo principal. Pero entonces no supo qué camino tomar. Miró a su alrededor, desesperado, buscando frenéticamente al profesor o a Rolly, que, por muy desagradable que fuera, al menos le resultaba familiar. Pero todas las caras que le rodeaban le eran desconocidas.

Dado cómo tenía la cabeza, podía ser que tanto Rolly como el profesor hubieran desfilado delante de él cinco veces y ni así los habría reconocido.

El gentío del pasillo empezaba a disiparse. A Luke le entró el pánico otra vez.

—A clase —le ordenó un chico mayor que estaba cerca.

—¿A cuál? —preguntó Luke—. ¿Dónde está mi clase?

El chico no lo oyó. Luke pensó en repetirlo más alto, pero el chico era algún tipo de vigilante, alguien al mando, como un policía.

Como la Policía de Población.

Luke se tapó la boca con la mano y se desvió por otro pasillo. Sonó otro timbre y los chicos empezaron a correr, desesperados por meterse en sus aulas. Sin mucha esperanza, Luke se pegó a un grupito de tres o cuatro y se coló con ellos por una puerta, a otra clase. O eso creyó. Por lo que él sabía, podría haber dado la vuelta y haber entrado en la misma de antes. Igual hasta era bueno: quizás esta vez, al terminar, lograría llegar hasta el profesor...

El que se puso de pie para hablar ahora era un hombre bajo y rechoncho. Por muy confuso y nervioso que estuviera Luke, hasta él se dio cuenta de que no era el mismo profesor.

Se sentó a toda prisa, muerto de miedo por volver a llamar la atención. Decidió que esta vez escucharía con cuidado, que pondría atención y aprendería. Se lo debía a todos: a mamá y papá, al padre de Jen, incluso a la propia Jen.

Pasaron diez minutos antes de que cayera en la cuenta: el hombre que estaba al frente hablaba en otro idioma, uno que Luke nunca había oído en su vida y que no tenía la más mínima posibilidad de entender.

Capítulo 4

Cuando sonó el timbre al terminar la clase, Luke ni siquiera intentó ir a contracorriente. Esta vez, la corriente de gente lo llevó hasta una enorme sala con mesas en lugar de pupitres y estanterías en las paredes en lugar de retratos. Los demás chicos se sentaron y sacaron libros, cuadernos y bolígrafos o lápices.

Deberes. Estaban haciendo deberes.

Luke se sintió genial por haberlo descubierto. ¿Cuántas veces había visto a sus hermanos mayores gruñir por los problemas de matemáticas, atascarse con las lecturas o emborronar los ejercicios de historia? A Matthew y Mark no les gustaba la escuela. Una vez, hacía años, Luke se había asomado por encima del hombro de Mark mientras hacía los deberes y había visto un error evidente.

—¿Ocho por cuatro no es treinta y dos? —había preguntado inocentemente—. Has escrito treinta y cuatro.

Mark le sacó la lengua y apretó el lápiz con tanta fuerza que partió la mina.

—¿Ves lo que me has hecho hacer? —refunfuñó—. Si eres tan listo, ¿por qué no vas al colegio por mí?

Mamá los observaba con preocupación.

—Chist —le dijo a Mark, y ahí se acabó el asunto.

En casa no daban vueltas a lo que todos sabían: como Luke era el tercer hijo, era ilegal; infringía la Ley de Población con cada respiración y con cada bocado. Por supuesto que no podía ir al colegio, ni a ninguna parte.

Pero ahora estaba aquí, en un colegio. Y no era la escuelita rural de Matthew y Mark, sino un lugar grande y elegante al que solo los más ricos —los barones—

podían permitirse ir. Gente rica como el verdadero Lee Grant, que había muerto en un accidente de esquí. Su familia había ocultado su muerte y había cedido en secreto su documento de identidad para ayudar a que un niño en la sombra saliera de su escondite.

¿No se notaba a la legua que Luke era un impostor?

Luke deseó que el verdadero Lee Grant siguiera vivo. Deseó seguir escondido en casa.

—Joven —se dirigió a él alguien con tono de advertencia.

Luke miró a su alrededor. Era el único que seguía de pie. Se sentó de prisa en la silla vacía más cercana. No tenía libros que estudiar ni deberes que hacer. Quizás este fuera el momento de leer la nota del padre de Jen.

Pero en cuanto metió la mano en el bolsillo, supo que no era seguro. El chico que estaba sentado frente a él no dejaba de levantar la vista, y el de dos sillas más allá susurraba y señalaba. Aunque Luke mantenía la cabeza gacha, se sentía observado. Aunque nadie lo mirara directamente, estar en la misma sala con tanta gente le producía inquietud y ansiedad. No podía leer la nota. A duras penas se reprimía para no saltar de la silla, salir corriendo por la puerta y meterse en algún armario o hueco donde esconderse. Pero si lo hacía, todos sabrían que no era Lee Grant. Todos sabrían que lo único que sabía hacer era esconderse.

Luke se obligó a estarse quieto durante dos horas.

Cuando volvió a sonar el timbre, todos avanzaron en tropel por un pasillo hasta un comedor enorme.

Luke no había comido nada desde el desayuno en casa: los bolitos ligeros de su madre y, como milagroso regalo de despedida, huevos frescos. Aún veía el orgullo en sus ojos cuando su madre le puso el plato delante.

—¿De la fábrica? —había preguntado. Los huevos casi nunca estaban al alcance de la gente común, pero su madre trabajaba en una granja avícola y, si sus supervisores estaban de buen humor, a veces le daban algo de comida extra.

Mamá asintió.

—Les prometí 40 horas extras a cambio. Sin paga.

Luke tragó saliva.

—¿Solo por dos huevos para mí?

Su madre lo miró.

—Ha sido un buen trato —dijo.

Recordar el desayuno le había provocado un nudo en la garganta del tamaño de un huevo. No tenía hambre.

Aun así se sentó, porque todos los demás estaban sentados. Al instante, otro chico se volvió hacia él y le lanzó una mirada fulminante.

—Solo para los *mayores* —dijo.

—¿Eh? —respondió Luke.

—En esta mesa solo se sientan **mayores** —repitió el chico, con el mismo tonito burlón que usaba Mark cuando Luke decía alguna tontería.

—Ah —atinó a decir Luke.

—¿Qué pasa? ¿Eres un cateto o qué? —saltó otro.

Luke no supo qué responder. Tenía tantas ganas de levantarse que tropezó y se estrelló contra la mesa de al lado.

—Solo para *los de undécimo* —dijo allí otro chico.

Luke intentó tragar, pero el nudo en la garganta no cedía.

Fue de mesa en mesa, sin molestarse siquiera en intentar sentarse. En cada una, alguien decía con voz aburrida:

—Solo *para los de décimo.*

—Solo *noveno.*

—Solo *octavo...*

Luke no sabía en cuál encajaba, así que siguió avanzando.

Finalmente, llegó a una mesa vacía y se sentó.

Delante tenía un cuenco con hojas y algo que parecían semillas de soja germinadas. ¿Se suponía que eso era comida? Los demás se lo estaban comiendo, así que él también lo hizo. Las hojas estaban frías y amargas y se le atascaban en la garganta.

Luke se permitió el lujo de pensar en patatas fritas. Se suponía que nadie debía consumir comida basura, por la escasez que había dado lugar a la Ley de Población. Pero Jen le había dado patatas fritas cuando él había ido a su casa a escondidas, jugándose el pellejo. Aún podía saborear la sal, notar el crujido al morderlas y oír a Jen decir, cuando él protestó diciendo que las patatas fritas eran ilegales: «Ya, bueno, nosotros también somos ilegales, así que, ¿por qué no disfrutamos?».

Jen. Si Jen estuviera aquí ahora, no tragaría hojas amargas ni brotes insípidos para cenar. Se pondría de pie y exigiría comida decente. Se sentaría en la mesa que le diera la gana. Iría directa a quien mandara —¿el director?— y le soltaría: «¿Por qué nadie me dice a qué clases tengo que ir? ¿Qué son las amonestaciones? ¿Cuáles son las normas, en serio? ¡Vaya manera de llevar esta escuela!». Y a Rolly le daría un puñetazo en todo el ojo.

Pero Jen no estaba. Jen estaba muerta.

Luke agachó la cabeza sobre el plato. Ni siquiera fingió masticar y tragar.

Después de la cena, los llevaron en tropel a otra sala enorme. Delante, un hombre habló de lo glorioso que era el Gobierno, de cómo la sabiduría de sus líderes les había salvado a todos del hambre.

«Mentiras», pensó Luke, y se sorprendió de tener siquiera el valor de pensarlo.

Por fin volvió a sonar el timbre y los demás chicos se dispersaron. Luke anduvo perdido por pasillos que no ubicaba.

—A tu habitación —le advirtió un hombre—. En diez minutos se apagan las luces.

Luke estaba tan ansioso por llegar a su cuarto que, por fin, encontró la voz.

—S... soy nuevo. No sé dónde está mi habitación.

—Pues entérate.

—¿Cómo? —preguntó Luke.

El hombre suspiró y puso los ojos en blanco.

—¿Cómo te llamas? —preguntó despacio, como si Luke fuera demasiado tonto para entender.

—Lu... —por alguna razón, Luke no fue capaz de decir su nombre falso—. Me sé el número. 156. Pero no recuerdo dónde está.

—¿Por qué no lo has dicho? —gruñó el hombre—. Sube esas escaleras y dobla la esquina.

Aun con las indicaciones del hombre, Luke se perdió y tuvo que buscar una y otra vez. Cuando por fin vio el 156 grabado, le temblaban las piernas de cansancio y tenía los pies llenos de ampollas por caminar con aquellos zapatos rígidos y ajenos. Luke estaba acostumbrado a ir descalzo. A pasar el día dentro de casa, no a subir y bajar escaleras y recorrer laberínticos pasillos.

Cruzó la puerta y se fue directo a su cama. Ya tenía la manta puesta y se veía igual que las demás. Solo quería dejarse caer y dormir, olvidar todo lo que había pasado ese día.

—¿Has pedido permiso? —le espetó agresivamente alguien.

Luke miró a su alrededor. Estaba tan cansado que ni se había fijado en los siete chicos sentados en círculo en el suelo, jugando a las cartas.

—¿Per... miso? —dijo.

Uno de ellos —probablemente el que había hablado— echó la cabeza atrás y soltó una carcajada. Era alto y delgado, mayor que Luke. Quizás de 15 años, igual que Matthew, su hermano.

Pero Matthew era familiar, conocido. A este chico no sabía cómo interpretarlo: sus ojos oscuros tenían un brillo extraño, y su rostro tenía una forma peculiar. Algo en él le recordó las fotos de chacales que había visto en los libros.

—¡Eh! —dijo el chico—. Nos han mandado un replicador de voz. Increíble lo humano que parece. La voz patina un poco, eso sí. Probemos otra. Repite conmigo: «Soy un paria. Soy un parásito. Soy un cateto. No merezco vivir».

Casi todos los demás se habían unido a las risas, pero en voz baja, como para no perderse la respuesta de Luke.

Luke vaciló. Ya había oído esas palabras: Rolly lo había llamado «paria» y «parásito», y en la cena alguien le soltó «cateto». Quizás procedían de ese idioma extranjero que hablaba el profesor bajito y rechoncho. No tenía idea de lo que significaban exactamente, pero sonaban a insulto. Gracias a Matthew y Mark, sabía reconocer una encerrona.

Luke negó con la cabeza.

El chico chacal suspiró con exagerada decepción.

—Ya está roto —dijo.

Se puso en pie y le dio un golpecito con el puño en el costado, como había visto a su padre hacer con el motor de los tractores o camiones averiados. «Ya ni la chatarra la hacen como antes».

Luke se apartó. Dio un paso hacia su cama.

El chico chacal volvió a reír.

—Ah, no, tan deprisa no. Permiso, ¿recuerdas? Di: «Soy tu siervo, oh, gran señor. Haré siempre lo que me mandes. No comeré, ni dormiré, ni respiraré si no me lo ordenas».

Se colocó entre Luke y la cama. Los demás se inclinaron hacia delante, con ganas de bronca. *Como una manada de chacales*, pensó Luke.

Los chacales eran animales desagradables y feroces. Luke lo había leído en un libro. A veces despedazaban a sus presas.

Pero estos eran chicos, no chacales, se recordó. Aun así, estaba demasiado cansado para plantar cara.

—Soy tu siervo —murmuró—. No... no recuerdo el resto.

—¿Por qué nos mandan siempre a los tontos? —preguntó el chico chacal. Miró a Luke—. Apuesto a que ni siquiera te sabes tu propio nombre.

«L...Lee» —susurró Luke, mirando sus zapatos.

—Lee, repite conmigo. Soy...

—Soy...

—...tu ...

—...tu ...

El chico chacal le iba dictando cada palabra y Luke, odiándose por dentro, las iba repitiendo. Luego lo obligó a tocarse el codo con la nariz, a bizquear, a quedarse a la pata coja mientras recitaba cinco veces: «Soy lo más bajo de lo bajo. Todo el mundo debería escupirme».

Las luces parpadearon y se apagaron en medio de esta prueba, pero el chico chacal continuó. Al final bostezó. En la oscuridad, Luke oyó cómo le crujía la mandíbula.

—Chico nuevo, novato —dijo—. Desaparece de mi vista.

—¿Eh? —dijo Luke.

—¡A la cama!

Dócilmente, Luke se deslizó bajo las sábanas. Seguía con la ropa puesta, incluidos los zapatos, pero no se atrevió a levantarse para quitársela. Los pantalones, tan ajenos, se le arrugaban en la cintura, y los estiró en silencio. Al tocarse el bolsillo, se acordó: aún no había leído la nota del padre de Jen.

Mañana, pensó Luke. Sintió que le volvía un poco la esperanza. Mañana leería la nota y sabría cómo averiguar a qué clases le tocaban, cómo lidiar con chicos como Rolly y sus compañeros de cuarto, cómo apañárselas. No, no solo apañárselas. Recordó lo que había soñado al salir de casa —¿de verdad había sido esa misma mañana? Parecía que había pasado una eternidad—. Había pensado en cambiar algo, en encontrar la manera de ayudar a otros terceros que aún vivían escondidos. No esperaba que la nota del padre de Jen le dijera cómo hacerlo, pero sí que le diera un punto de partida. Lo haría posible.

Todo lo que tenía que hacer era dormirse y entonces ya sería mañana, y podría leer la nota.

Pero Luke no podía dormir. La habitación estaba llena de sonidos desconocidos: primero los susurros de los otros, luego su respiración profunda, ya dormidos. Las camas que crujían cuando alguien se daba la vuelta. Alguna rejilla por allí soplando aire sobre todos.

Luke sentía nostalgia, echaba de menos su habitación en casa, a su familia, a Jen.

Y a su propio nombre. Notó cómo se le apretaban los labios.

«Luke», susurró sin voz, en la oscuridad. «Me llamo Luke».

Esperó en silencio, con el corazón desbocado, pero no pasó nada. No sonó ninguna alarma, ni irrumpió la Policía de Población para llevárselo. Su sensación de esperanza se intensificó, incluso más que el miedo. Se llamaba Luke. No era siervo de nadie. No era lo más bajo de lo bajo. Era el hijo de su papá y su mamá. Era el hermano de Matthew y Mark. Era amigo de Jen.

O, al menos, lo había sido.

Capítulo 5

Luke no pudo leer la nota del padre de Jen al día siguiente. Ni al otro. Ni al otro.

De hecho, pasó una semana entera repitiéndose cada noche en la cama: *Mañana. Seguro que mañana encontraré la manera de leerla.* Y cada noche lo sorprendía igual, sin poder hacerlo.

Al principio, pensó que había una solución fácil. El cuarto de baño, por ejemplo. Entrar, cerrar la puerta, leer la nota. Pero en Hendricks los baños no eran como el de su casa, cerrado y privado: eran filas de urinarios y retretes, a la vista de todos. Incluso la ducha era comunitaria, una sala alicatada con decenas de grifos saliendo de cada pared.

Luke apenas se atrevía a bajarse los pantalones delante de todos, como para ponerse a leer la nota. Siempre se quedaba rondando hasta que la mayoría se iba, pero nunca se encontró un baño que se vaciara del todo. Al cabo de tres días, desesperado, decidió esperar el tiempo que hiciera falta dentro del baño, sonaran timbres o empezaran clases. Sonó el timbre del desayuno y él siguió allí, fingiendo que se lavaba la cara con mucho esmero.

Finalmente, solo quedaban Luke y otro chico, de pie junto a la puerta.

—Fuera —dijo el chico.

Tenía cara de perro y mucha espalda. A Luke le temblaban las piernas, pero no cerró el grifo.

—No he terminado —musitó Luke, intentando sonar tranquilo, como si no le importara. Le salió fatal.

El chico lo cogió por el brazo.

—¿No me has oído? ¡He dicho FUERA! —Tiró de su brazo con tanta fuerza que el dolor le recorrió todo el cuerpo. Luego lo echó a empujones. Luke cayó hecho un ovillo al suelo del pasillo. Un vigilante lo miró con disgusto.

—Llegas tarde al desayuno —le dijo—. Dos amonestaciones.

Luke miró débilmente al vigilante y después al otro chico, que permanecía en el umbral de la puerta del baño con actitud amenazante. Entonces lo entendió: eran iguales. Había guardias en todos los baños, así como en todos los pasillos. No podría leer la nota en ninguno de los dos sitios.

Pensó en intentarlo en su cuarto. Decidió llegar el primero a la hora de acostarse. Los primeros días fue imposible: por mucho que lo intentara, no recordaba el camino. ¿A la izquierda al subir, luego a la derecha, derecha y después izquierda? ¿O era derecha, izquierda, izquierda y luego derecha? La mayoría de las noches era un milagro que encontrara la habitación antes de que apagaran las luces. Y, bien mirado, casi mejor: así se acortaba el tiempo que el chico chacal podía dedicar a atormentarlo.

A mitad de su segunda semana en Hendricks, durante la charla de la tarde, Luke se sentó al fondo del pasillo para ser el primero en subir las escaleras. Conteniendo el aliento, fue contando los giros: derecha —*sí*—, derecha —*sí*—, izquierda... y ahí... ¡*sí!* Habitación 156.

Entró a toda prisa, adelantando al vigilante del pasillo. Se deslizó detrás de la puerta, fuera de vista, y metió la mano en el bolsillo. Entonces oyó:

—Así que mi sirviente se presenta hoy temprano, ¿eh?

Era el chico chacal, tumbado en su cama.

Luke tuvo que morderse el labio para no gritar.

Esa noche, el chico chacal estuvo más cruel que nunca.

Luke tuvo que repetir «Soy un parásito» cincuenta veces. Tuvo que saltar a la pata coja durante cinco minutos. Tuvo que hacer cien flexiones (nunca había visto a nadie hacer una. Los demás se partieron de risa cuando confesó, tartamudeando: «N... no sé cómo se hacen»). Tuvo que empujar una canica por el suelo con la nariz.

Esa noche, en la cama, Luke se desesperó. Le dolían los hombros por las flexiones y aún tenía el costado amoratado por el empujón del baño.

Nunca podré leer la nota, pensó. *Nunca estaré solo.*

No era solo la nota. Lo enloquecía estar siempre rodeado de gente, saber que cualquiera podía estar mirándolo, no tener nunca ni un segundo de intimidad.

¿Cómo podía anhelar estar solo y sentirse tan solo al mismo tiempo?

Capítulo 6

Luke fue tirando.

En realidad no era tan difícil, siempre y cuando no se permitiera querer nada.

Mientras no se entretuviera en los baños o en los pasillos, mientras se sentara en cuanto entraba en clase, mientras no intentara comer en la mesa equivocada, nadie lo molestaba, excepto el chico chacal. Y lo del chico chacal era soportable, incluso en los peores días.

El problema era que Luke no siempre podía evitar querer más.

Quería volver a casa. Quería estar con su familia. Quería que Jen siguiera viva. Y quería que todos los terceros hijos fueran libres, para no tener que seguir fingiendo ser otro.

Eran sueños imposibles, pequeñas fantasías que hilvanaba su mente en mitad de la noche, cuando no podía dormir.

El resplandor de esas fantasías siempre hacía que la realidad pareciera aún más sombría a la mañana siguiente.

Pero el resto de lo que quería también parecía fuera de su alcance.

Quería poder meterse en la cama cada noche sin mirar al chico chacal, sin decir cien veces «Soy el cateto más tonto del mundo», sin hacer ni una sola flexión, dominada, abdominal o estiramiento para tocarse los pies. Una noche, en mitad del numerito, se atrevió a murmurarle al chico chacal:

—Déjame en paz.

Pero al levantar la vista, el otro se estaba partiendo de risa.

—¿Has dicho lo que creo que has dicho? —sollozaba entre carcajadas—. «Déjame en paz». Oh, esa es buena, parásito. ¿Vas a obligarme? Anda, inténtalo. Oblígame.

El chico chacal alzó el puño, con una sonrisa burlona en el rostro. Detrás, sus compañeros de cuarto se arremolinaron, deseosos de pelea. Parecía que morían de ganas de ayudar al chico chacal a machacarle hasta el último ápice de valor.

Luke calculó de un vistazo la diferencia de altura y peso entre él y el chico chacal. Sin contar al resto. No hacía falta que volara un solo puñetazo: el coraje ya se le había ido.

Al menos el chico chacal solo lo torturaba una vez al día.

Tres veces al día, en el comedor enorme, a Luke se le hacía la boca agua por comida que supiera bien. Masticando hojas amargas y pan pastoso, soñaba con los guisos de mamá, sus panecillos, sus tartas de manzana. Podía oír su voz preguntándole: «¿Quieres rebañar el cuenco?», cada vez que hacía un pastel. Y luego el sabor de la masa dulce.

Recordaba cada detalle de aquella vez que él y Jen hicieron galletas juntos. Usaron unas pepitas especiales de chocolate y, cuando salieron del horno, calientes, las pepitas se derretían y le sabían dulcísimas en la lengua. Él y Jen se quedaron en la cocina riendo, charlando y comiendo galleta tras galleta tras galleta.

Fue una de las mejores visitas a casa de Jen. También una de las últimas.

Intentó no pensar en ello, pero no pudo. Sabía que si se sentaba en el comedor de Hendricks y alguien le ponía delante un plato lleno de aquellas galletas de Jen, le sabrían tan amargas como las hojas. No sería capaz de comer ni un bocado.

Y los panecillos de su madre, recién horneados —si eso fuera posible—, se le desharían en la boca igual que aquel pan pastoso. Nada sabe bien cuando comes solo en medio de cientos de chicos que ni saben cómo te llamas. A quienes ni les importas.

Porque Luke también quería un amigo en Hendricks. A veces se obligaba a dejar de fantasear y a fijarse en los otros. No tenía valor para hablar con ninguno, pero pensaba que si escuchaba, algún día...

No era capaz de distinguirlos.

Puede que tuviera algo que ver con el hecho de haber estado escondido todos esos años. No es que estuviera ciego: veía perfectamente que unos tenían el pelo de un color, otros de otro, y la piel más clara o más oscura. Algunos eran altos, otros bajos; algunos más rellenos, otros más delgados. Había chicos mayores que sus propios hermanos y otros unos años menores que él. Pero, aun así, Luke era incapaz de quedarse con la cara de ninguno. Una vez el chico chacal se plantó delante de Luke y le soltó:

—¡Ah, aquí está mi sirviente! Justo cuando necesito un boli. Dame el tuyo, chaval.

Luke se quedó mirándolo con la boca abierta tanto rato que el chico chacal le quitó el bolígrafo de la mano con toda la calma del mundo y se marchó murmurando:

—Vaya momento para quedarte allí clavado.

En otra ocasión, durante el desayuno, oyó a unos chicos bromear en una mesa cercana.

—Venga ya, Spence —le dijo uno a otro.

Luke se quedó mirando. *Spence,* repitió para sí, grabando mentalmente sus facciones. *Ese chico se llama*

Spence. Ahora ya sé quién es. Pensar que ahora era capaz de reconocer a alguien le llenó de alegría durante toda la mañana.

A la hora de comer, vio cómo Spence se sentaba en su sitio. Luke casi sonrió. Entonces Spence volcó su vaso de agua y empapó al que estaba a su lado.

—¡Ted, eres un cateto! —protestó el otro chico.

¿Ted? Pero...

Durante la cena, el que Luke habría jurado que era Spence levantó la vista cuando alguien gritó:

—¡Eh! ¡E. J.!

—Ahora no —dijo Spence/Ted/E. J. irritado. ¿O simplemente era E. J., y Spence y Ted eran dos chicos distintos?

Luke terminó por rendirse y dejó de intentar aprenderse el nombre de nadie. Le pareció que otros también respondían a varios nombres, pero nunca estaba seguro.

¿Por qué se liaba con tanta facilidad?

Era como los pasillos de la escuela: un laberinto que parecía doblarse sobre sí mismo. De un día para otro, Luke casi nunca conseguía llegar a la misma clase. Así que daba igual no saber en qué aula se suponía que tenía que estar: aunque lo supiera, tampoco acertaría con el camino. A los profesores, además, parecía no importarles ni Luke ni nadie. De vez en cuando señalaban a un chico y le decían «dos amonestaciones», pero casi nunca llamaban a nadie por su nombre.

Luke se planteó escabullirse a su cuarto en mitad de las clases para leer la nota del padre de Jen; total, a nadie parecía importarle dónde estaba. Pero los vigilantes también custodiaban las escaleras. Lo custodiaban todo.

Así que —se dijo Luke con amargura— la nota que podía salvarlo acabaría hecha pelusa en su bolsillo, mientras seguía condenado a deambular sin fin por los pasillos de Hendricks: invisible, inadvertido, desconocido.

Por las noches, ya en la cama, se consolaba teniendo conversaciones imaginarias con su familia, con Jen, con el padre de Jen. Cuando le tocaba hablar, solo sabía disculparse.

Lo siento, señor Talbot. Se jugó la vida para conseguirme una identidad falsa, y no ha valido la pena...

Lo siento, Jen. No estoy haciendo nada por la causa...

Lo siento, mamá. Esta era la parte más difícil de todas. *Tú querías que me quedara y yo dije que tenía que irme. Dije que iba a cambiar el mundo. Pero no puedo. Quería conseguir que hubiera comida suficiente para todos, para que los terceros volviéramos a ser legales. Y ni siquiera entiendo lo que dicen mis profesores. Ni los que hablan mi idioma. No voy a aprender nunca nada. Nunca podré ayudar a nadie.*

Lo siento, mamá. No debería haberte dejado. Ojalá...

Pero Luke deseaba tantas cosas a la vez que no podía seguir.

Estaba tan ocupado anhelando cambios tan grandes e imposibles que ni se le pasaba por la cabeza desear algo más pequeño y práctico. Como una puerta abierta.

Y justo eso fue lo que consiguió.

Capítulo 7

Luke vio la puerta una mañana, de camino a clase.

La noche anterior casi no había pegado ojo, así que iba atontado, medio dormido. Avanzaba arrastrando los pies, buscando un aula familiar en la que refugiarse antes de que el vigilante del pasillo le echara la bronca. Entre clase y clase, miraba al suelo, demasiado desanimado para levantar la cabeza. Pero justo al girar una esquina, alguien chocó contra él. Luke levantó la vista a tiempo de ver al otro chico pasar a toda velocidad, sin disculparse. Luego volvió la cabeza hacia delante y entonces la vio.

La puerta estaba en la pared exterior. Luke no habría sabido decir si ya había pasado por delante cien veces o ninguna. Era de madera maciza, con un pomo de latón, como otras muchas puertas del colegio. Estaba apenas entornada.

Pero por la abertura se veía hierba, y árboles, y cielo. El exterior.

No se lo pensó. Ni siquiera se paró a comprobar si algún vigilante lo estaba mirando. En un segundo, Luke ya estaba fuera.

Ya en el exterior, Luke se quedó quieto, pegado a la pared del colegio. Respiraba entrecortado. *Lee la nota y vuelve dentro*, le decía una vocecilla sensata en la cabeza. *¡Antes de que alguien te vea!*

Pero no podía moverse. Era mayo. El césped frente a él era una rica alfombra verde. Los árboles de flores rosas y las lilas estaban en flor. Juraría que también olía a madreselva. Su mente le jugó una mala pasada y, de pronto, fue como si volviera casi un año atrás, a aquel día en que creyó que era la última vez que vería el exterior en toda su vida. Los trabajadores del Gobierno acababan de empezar a talar el bosque detrás de su casa, y su madre le ordenaba, muerta de miedo: «¡Luke! A casa. Ahora».

Y cuando el bosque desapareció, en su lugar levantaron la casa de Jen.

Su mente saltó a otro recuerdo: la primera vez que fue a casa de Jen. Había salido fuera y se había quedado paralizado, igual que ahora. Y se había quedado maravillado con el aire fresco en la cara, igual que ahora.

Y había estado en peligro.

Igual que ahora.

Luke miró el edificio del colegio con el estómago encogido. Cualquiera podría asomarse a una ventana, verlo ahí plantado y chivarse. A lo mejor solo le caían unas cuantas amonestaciones más, de esas que no parecían servir para nada. O a lo mejor se darían cuenta de que él no era Lee Grant, que sus papeles eran falsos y que, según las leyes, merecía morir.

Curiosamente, Luke no vio ninguna ventana. Pero la puerta se empezó a abrir.

Luke echó a correr. Salió disparado igual de a ciegas que aquel primer día en que intentó seguirle el ritmo a Rolly Sturgeon. Cuando quiso darse cuenta, ya se estaba abriendo paso entre la maleza de un pequeño bosque: solo entonces su mente registró que... había árboles a su alrededor.

Las zarzas le arañaban los brazos, las piernas y el pecho, pero él seguía corriendo. Apartaba las ramas de los sauces a manotazos. Estaba tan fuera de sí que sentía que podría correr eternamente.

Entonces tropezó con un tronco y cayó.

Silencio. Solo ahora que se había detenido, Luke se dio cuenta del ruido que había estado haciendo. *Qué idiota.* Se quedó tumbado boca abajo, entre los helechos y el musgo, esperando a que alguien lo cogiera, le gritara y lo castigara.

No pasó nada. Por encima del martilleo de su propio corazón, lo único que oía era el canto de los pájaros. Después de lo que le pareció una eternidad, levantó la cabeza con cautela.

Las copas de los árboles formaban un dosel por encima. Algo se movió en su campo de visión y Luke dio un respingo, pero solo era una ardilla saltando de rama en rama. Las ramas se mecían, sí, pero solo por el viento.

Poco a poco, fue retrocediendo en la misma dirección por la que había venido. Al final se agachó, oculto entre la maleza, y se puso a espiar el colegio.

No había nadie a la vista.

Luke entornó los ojos hacia la puerta. Esta se abrió un poco hacia fuera, y él se puso rígido del susto. Pero luego volvió a cerrarse.

Se abría y se cerraba, se abría y se cerraba... tan despacio, que parecía que la escuela respirara por esa puerta. De golpe, Luke lo entendió.

Nadie había abierto la puerta. Era el viento, o quizá el cambio de presión del aire cuando los chicos pasaban por el pasillo.

Luke asomó un poco más la cabeza. Desde ahí podía ver todo un lado del edificio. Y entonces se dio cuenta por primera vez: en toda esa pared no había ni una sola ventana. Solo ladrillo, de arriba abajo.

¿Cómo podía ser?

Repasó mentalmente todas las salas en las que había estado desde que llegó a Hendricks, y era verdad: no recordaba ni una con ventanas. Ni siquiera el cuarto que compartía con el chico chacal y sus esbirros. ¿Cómo no había caído antes?

¿Y por qué alguien construiría tantas habitaciones sin ventanas?

De repente, el hecho dejó de importarle. No había ventanas, nadie salía por la puerta: estaba a salvo.

—¡Ahora sí que puedo leer la nota! —dijo en voz alta, y se echó a reír. Le resultaba extrañamente emocionante oírse: no sonaba tímido, no tartamudeaba. Era su voz, la de Luke, no la del fingido Lee.

—¡Voy a leerla allí mismo! —dijo, hablando solo por el placer de hacerlo—. ¡Por fin!

Se adentró un poco más en el bosque y se apoyó en el mismo tronco con el que había tropezado antes. Lentamente, con solemnidad, sacó de su bolsillo la nota del padre de Jen. Ahora por fin sabría todo lo que tenía que hacer.

Desplegó la nota, ajada ya de tanto manosearla y pasarla en secreto de un bolsillo a otro cada vez que cambiaba de pantalones. Luego la miró fijamente, tratando de descifrar los garabatos del señor Talbot.

La nota solo contenía una palabra:

MIMETÍZATE.

Capítulo 8

—¡No! —gritó Luke.

¿Eso era todo? ¿«Mimetízate»? ¿Qué clase de consejo era ese? Luke necesitaba ayuda. Llevaba semanas esperándola.

—¡Confiaba en usted! —volvió a gritar, sin importarle ya quién pudiera oírle.

La «M» de «Mimetízate» se difuminó ante sus ojos. Desesperado, le dio la vuelta al papel, esperando que hubiera algo más al otro lado. El verdadero mensaje, tal vez. Pero el reverso estaba en blanco. Lo que tenía en las manos no era más que un trozo de papel raído, poco más que una pelusa. Incluso su madre —que lo guardaba todo, que reutilizaba hasta los sobres— se lo pensaría dos veces antes de tirar a la basura ese papel inservible.

Y, aun así, había volcado todas sus esperanzas en ese trozo de papel sin valor.

Cegado por la rabia, Luke rompió la nota en dos. Luego en cuatro. Luego en ocho. Siguió haciéndola trizas hasta que el papel quedó casi reducido a polvo, a puntitos diminutos. Entonces lanzó los restos lo más lejos que pudo.

—¡Le odio, señor Talbot! —gritó.

Las palabras resonaron entre los árboles. Incluso el bosque parecía burlarse de él. Probablemente eso era lo que el señor Talbot había pretendido hacer cuando le entregó la nota el primer día. Luke casi podía verlo riéndose para sus adentros mientras se alejaba de Hendricks después de dejarlo. Seguro que le hacía gracia dejar a un cateto de granja en una escuela snob para barones y decirle: «Mimetízate». Seguro que aún se reía de la broma cada dos por tres. Si Jen siguiera viva, probablemente también se habría reído de Luke.

No. Jen no...

Luke se tapó la cara con las manos y se dejó resbalar hasta quedar tendido junto al tronco. Sin la nota a la que aferrarse, ni siquiera tenía la entereza suficiente para sentarse.

Capítulo 9

Luke nunca habría imaginado que pudiera quedarse dormido allí, en el bosque, en peligro y con la sangre hirviéndole. Pero, de algún modo, se despertó al cabo de un rato, entumecido, dolorido y desorientado. Los pájaros seguían cantando, una brisa suave le alborotaba el pelo y, antes de recordarlo todo, Luke incluso sonrió. Qué sueño tan agradable. Entonces, ¿por qué se sentía tan desgraciado?

Luego se incorporó, abrió los ojos y todo volvió a su memoria. La nota en la que había confiado a ciegas ahora no era más que polvo: por mucho que entornara los ojos y mirase hacia la maleza, no veía ni rastro de ella. Estaba en medio del bosque, saltándose quién sabe cuántas normas de la Escuela Hendricks para Niños. Y no tenía ni idea de cuánto tiempo llevaba fuera; a juzgar por el sol, debía de ser, como mínimo, media tarde. A estas alturas seguro que ya se habrían dado cuenta de que faltaba. Tendría que estar inventándose una excusa. Tendría que colarse de vuelta para que, por lo menos, no lo pillaran allí fuera. Así no quedaría tan mal. Quizá pudiera convencerlos de que había intentado escapar —como se suponía que había hecho el verdadero Lee Grant—, pero que se había arrepentido y había dado la vuelta. Aunque para que esa historia colara, tenía que regresar ya.

Luke no se movió.

No quería volver a la escuela. Ni ahora, ni nunca. Allí no había nada para él. Ahora lo veía claro. Ni amigos, ni profesores que se preocuparan, ni nada que mereciera la pena. Allí no era más que un juguete de cuerda, yendo sin pensar de clase en clase, de comida en comida, tratando de no llamar la atención.

Solo de pensar en el colegio se le revolvía el estómago.

—No puedes obligarme a volver —murmuró Luke, aunque ni siquiera sabía contra quién se estaba rebelando.

Eso estaba decidido. Entonces, ¿adónde más podía ir?

A casa...

Lo golpeó una añoranza tan fuerte como nunca había sentido. Volver a ver a mamá, volver a ver a papá... Estaba tan hundido que hasta echaba de menos a sus propios hermanos. Vio una ardilla listada cruzar el suelo como una flecha. Casi ni tocaba la tierra. Podría ser igual de fácil para él volver a casa: solo tenía que empezar a andar.

Pero.

No sabía cómo llegar. Aunque tuviera un mapa, no habría forma de encontrar en él la granja de sus padres.

No llevaba encima su carné de identidad falso. Nunca lo llevaba consigo en el colegio. Podía verlo perfectamente en su cabeza, guardado en el bolsillo del fondo de la maleta. No podía volver a buscarlo. Y que te pillaran sin carné de identidad era casi lo mismo que decir: «Soy un tercer hijo. Matadme».

Luke intentó convencerse de que aquellos no eran obstáculos. Aun así, no conseguía imaginarse un regreso perfecto a casa.

Aunque consiguiera llegar hasta la granja de su familia sin toparse antes con la Policía de Población, lo único que haría sería llevarles el peligro a la puerta. La sanción por esconder a un hijo ilegal era casi tan severa como por ser ese hijo ilegal. Cada segundo que había vivido con sus padres había puesto sus vidas en peligro. Y ahora, además, había un registro de su existencia. Si desaparecía, alguien tendría que salir a buscarlo. Y cuando lo encontraran, encogido en el desván de su casa, también descubrirían la verdad.

Luke cogió una piedrecita y la lanzó con fuerza al interior del bosque. No era justo. Sus únicas opciones eran ser un infeliz en el colegio o convertirse poco menos que en un asesino si volvía a casa. Lanzó otra piedrecita, y otra más. *No es justo, no es justo, no es justo.* Cuando se quedó sin piedras, pasó a lanzar trozos de corteza que arrancaba del tronco que tenía al lado. Algunas de las piedrecitas y trozos de corteza se estrellaban contra los árboles con un ruido seco y satisfactorio. Luke empezó a afinar la puntería.

—¡Toma! —gritó, olvidándose por completo de dónde estaba. Enseguida, muerto de miedo, se tapó la boca con la mano.

¿Cómo podía ser tan idiota?

Se quedó paralizado, afinando tanto el oído que hasta le zumbaban las orejas. Pero no se oía a nadie abriéndose paso por el bosque para buscarlo. Del colegio no llegaba ni un solo sonido. Al mirar los helechos, los árboles y la luz filtrándose entre las ramas, Luke casi podía convencerse de que el colegio ni siquiera existía.

Era una pena que no pudiera quedarse allí.

Por un instante, Luke se permitió hacerse ilusiones: podría vivir de nueces y bayas. Podría subirse a los árboles cada vez que vinieran a buscarlo.

Pero era un plan infantil. Lo descartó de inmediato. Si se quedaba en el bosque, lo atraparían o moriría de hambre.

Volvió a mirar a su alrededor, esta vez con pesar. Los árboles le parecían más acogedores que cualquiera de los chicos o profesores de la escuela. Era un chico de granja que había pasado la mayor parte de su vida al aire libre, hasta que talaron el bosque detrás de su casa. El simple hecho de estar fuera ya era una alegría. Y por mucho que hubiera arriesgado al salir hasta allí, era maravilloso estar solo, sin gente alrededor, sin que lo vigilaran a cada paso.

Luke clavó la punta de su elegante zapato de barón en la tierra y se puso de pie. Se dio cuenta de que, sin saber muy bien cuándo, había tomado una decisión.

Tenía que volver a la escuela. Se lo debía a su familia, al padre de Jen... y tal vez incluso a la propia Jen.

Pero nada podría impedirle volver a visitar el bosque.

Capítulo 10

Luke aplazó el regreso a la escuela todo lo que pudo.

Le rugían las tripas, pero intentaba ignorarlas. La luz del sol iba bajando, los rayos entraban cada vez más en perpendicular, pero se consolaba pensando: *Todavía es de día. Solo parece anochecer antes porque estoy metido en el bosque.*

Hasta que ya no pudo engañarse. Se estaba haciendo de noche. Y aunque nadie hubiera notado su ausencia hasta entonces, lo echarían de menos a la hora de acostarse. El chico chacal no tardaría en montar un numerito si Luke no estaba allí para poder meterse con él.

Curiosamente, esa idea hizo que se sintiera bien.

Luke no se paró a darle vueltas. Caminó decidido hasta el borde del bosque, echó un vistazo rápido alrededor y echó a correr por el prado.

A mitad de camino hacia la escuela, le asaltó un pensamiento horrible: ¿y si la puerta estaba cerrada con llave?

Unos pasos más y ya estaba lo bastante cerca para comprobarlo: la puerta ya no estaba abierta. Ni siquiera entreabierta.

Luke apretó aún más el paso, como si pudiera dejar atrás el miedo solo con correr. El corazón le latía con fuerza, y no solo por el esfuerzo. Había sido un necio al salir por esa puerta. Y si de verdad necesitaba salir, ¿por qué no había vuelto enseguida? ¿Por qué arriesgarlo todo por un día en el bosque?

Sabía muy bien por qué.

Por fin estuvo lo bastante cerca como para tocar el pomo. Extendió la mano temblorosa, preparado para lo peor.

Calma, calma, se dijo. *Si está cerrado, quizá haya otra puerta. A lo mejor aún puedes colarte sin que nadie te vea. Quizás...* Pero Luke no se fiaba mucho de los «quizás».

Sin esperanza, giró el pomo.

El pomo cedió sin oponer resistencia.

Casi sin atreverse a creer en su suerte, abrió la puerta un poco. No vio a nadie, así que se deslizó dentro y dejó que la puerta se cerrara a su espalda. Ese extremo del pasillo estaba en penumbra. Agradeció las sombras.

Avanzaba de puntillas, pasando frente a las aulas vacías, cuando oyó un grito:

—¡Eh! ¿Qué haces aquí abajo?

Era uno de los vigilantes del pasillo.

—Me... me he perdido —dijo Luke, tartamudeando solo un poco más de lo habitual. Y la excusa sonaba plausible: ¿no se había perdido ya mil veces desde que llegó a la escuela? Lo que no sabía era de qué se suponía que se había perdido esta vez. ¿La cena? ¿La charla de la tarde? ¿La hora de apagar las luces?

El vigilante lo miró con recelo.

—Ahora mismo no debería haber nadie en esta ala del edificio —dijo—. ¿Por qué has salido del comedor?

A Luke se le ocurrió una excusa de golpe.

—Me encontraba mal —dijo—. Salí corriendo al baño y ahora, al volver, me he perdido.

El vigilante parecía escéptico.

—El baño está justo enfrente del comedor —replicó.

—N... no me he fijado. Soy nuevo. Y me encontraba fatal... —Luke intentó poner cara de despistado (y de mareado) para justificar semejante metedura de pata.

El vigilante dio un paso atrás, como si no quisiera correr el riesgo de contagiarse de nada.

—Está bien —cedió al fin—. Vuelve inmediatamente.

Luke dio media vuelta, aliviado, pero se paró en seco. Hasta el día anterior habría obedecido sin pensarlo. Ahora tenía un secreto que proteger. Tenía que espabilar.

Se volvió hacia el vigilante.

—No sé ni cómo volver, ¿recuerda?

—Ay, por Dios... ¿por qué me toca siempre hacer de niñera de todos los catetos? —Cogió a Luke del brazo y lo empujó hacia la derecha—. Ve por ahí. Gira a la izquierda en el primer pasillo, luego otra vez a la izquierda y luego a la derecha. ¡Pero vete ya!

El vigilante sonaba casi tan nervioso como él. El día anterior ni se habría dado cuenta, pero ahora estaba obligado a fijarse. *Es por esa puerta,* pensó. *¿Por qué está tan ansioso por alejarme de ella?*

Luke seguía dándole vueltas a esa pregunta cuando llegó a las puertas del comedor. En ese mismo instante se abrieron de golpe y salió una avalancha de chicos. Había llegado en el momento perfecto: justo cuando todos se encaminaban a la charla de la tarde. Se mezcló entre ellos sin llamar la atención.

¿Lo ve, señor Talbot? pensó con amargura. *Estoy siguiendo el único consejo que* se dignó a *darme. ¿Contento? Muy generoso de su parte, sin duda.*

Aun así, su rabia se había disipado un poco. La nota no había servido de nada, pero ahora tenía el bosque en la cabeza. Y, si la nota lo había llevado hasta allí... bueno, quizá sí tenía algo que agradecerle al padre de Jen.

Nadie lo detuvo cuando entró en la sala de la charla y se sentó. Nadie le preguntó: «¿Dónde has estado todo el día?». Nadie le ordenó: «¡No vuelvas a salir de este edificio!».

Se había salido con la suya. Y podía volver a hacerlo.

Capítulo 11

Luke se moría de ganas de salir disparado al bosque en cuanto se despertó a la mañana siguiente. Le resultó insufrible quedarse quieto junto a los demás, echándose agua a la cara. También le costó horrores permanecer sentado, tragando a cucharadas la papilla grumosa, cuando lo que quería era engullirla de un trago y salir pitando de allí. (Aunque, después de haberse saltado dos comidas el día anterior, era increíble lo bien que le sabía aquella papilla, por primera vez). Tampoco ayudó la espera hasta que se abrieron por fin las puertas del comedor para dejar salir a todos hacia sus clases... y a él hacia el bosque.

En cuanto terminó de desayunar, salió poco menos que corriendo. Para su sorpresa —con lo perdido que solía ir por los pasillos de Hendricks—, consiguió ir directo hasta la puerta, sin equivocarse de camino ni una sola vez. Al acercarse, aminoró el paso y esperó a que el pasillo se vaciara. Al final, solo quedaron Luke y un vigilante, a unos cuantos metros. La puerta no estaba abierta aquella mañana, pero Luke estaba casi seguro de que no tendría echada la llave. Estaba seguro de que podría escurrirse fuera en un segundo. Miró por encima del hombro: el vigilante miraba en la dirección contraria. *¡Ahora!* Luke extendió la mano hacia el pomo de la puerta... y, de pronto, la retiró.

Fue como si en el último segundo alguien —o algo— le hubiese gritado «*¡No!*» en su mente. Su madre hablaba a veces de Dios; quizá fuera Él. O quizá fuera el espíritu de Jen, que había aparecido para ayudarlo, ahora que la nota de su padre no lo había hecho. Quizás solo fuera su propio sentido común. Luke no tenía claro qué pensar de Dios o de los fantasmas, ni siquiera de su propia cabeza, pero de una cosa sí estaba seguro: ese día no podía arriesgarse a ir al bosque.

Siguió andando, intentando parecer simplemente un chico que se entretenía por el pasillo.

—A clase —gruñó el vigilante.

Luke asintió y se coló en la primera aula que tuvo a mano. Se sintió tan decepcionado como si hubiera descubierto rejas en la puerta. ¿Qué era? ¿Un cobarde?

Recordó todos los trucos que se había hecho a sí mismo para reunir valor y entrar en casa de Jen por primera vez. Había esperado semanas, diciéndose siempre que solo estaba aguardando el momento adecuado. Entonces había sido un cobarde.

Pero ahora no lo era. Al sentarse en un asiento, tan anónimo como cualquier otro chico de la clase, se sintió valiente, despierto, astuto.

Probablemente el día anterior solo había tenido suerte. Si quería seguir yendo al bosque una y otra vez sin que lo pillaran, tenía que hacerlo con cabeza. Tenía que fijarse en todo. Quizás incluso averiguar por qué el vigilante de la noche anterior se había puesto tan nervioso. Antes de volver, tendría que tener claro que no corría peligro.

Recorrió el aula con la mirada. Delante, el profesor llenaba la pizarra de fórmulas matemáticas indescifrables. Luke no habría podido resolver ninguna de ellas ni aunque su vida dependiera de ello. Pero, por una vez, en lugar de hundirse en la desesperación y mirar fijamente el pupitre que tenía delante, se armó de valor y echó un vistazo a los demás chicos. Algunos miraban al profesor. Otros tomaban apuntes... bueno, no, dibujaban chicas desnudas. Algunos dormían descaradamente, con la boca abierta. Y otros estaban sentados a un lado, abrazados a sus rodillas, meciéndose.

Luke se quedó mirando, hipnotizado. No tenía muchas referencias —en toda su vida solo había tratado con seis personas—, pero aquel balanceo, desde luego, no parecía nada normal.

Finalmente sonó el timbre y se arrastró hasta otra clase. Allí ocurría lo mismo: algunos chicos actuaban con normalidad, otros se balanceaban sin cesar.

¿Por qué no había notado nada de eso antes?

Lo sabía muy bien. Cada vez que había mirado directamente a alguno de los chicos, solo había sido un vistazo rápido, y enseguida había apartado la vista por miedo a que le devolvieran la mirada.

Así era muy fácil no ver nada.

Mientras caminaba por el pasillo hacia su siguiente clase, decidió hacer una prueba: miró fijamente a los ojos de cada chico que se cruzó con él.

Fue aterrador, incluso peor que correr a ciegas por el campo. Luke sintió un nudo en el estómago y pensó que iba a vomitar la papilla de avena que había desayunado. Sintió que las piernas le podían fallar por el miedo.

Pero también fue interesante.

La mayoría de los chicos con los que se cruzó apartaron la mirada en cuanto Luke estableció contacto visual con ellos. Algunos parecían tener una especie de sexto sentido que les advertía cuando alguien intentaba mirarlos de frente. Solo dos o tres aguantaron el desafío sin pestañear, con los ojos clavados en los suyos igual que él los clavaba en los de ellos.

Acuérdate de esos, se ordenó. Pero ya le costaba reunir la fuerza de voluntad necesaria para no ser él quien apartara la mirada.

Cuando por fin llegó al umbral de un aula, Luke temblaba de pies a cabeza.

Ahora sí que la he liado, pensó. *Me he delatado. Ahora ellos lo sabrán.*

Aunque ni siquiera tenía claro quiénes eran exactamente «ellos».

Capítulo 12

Luke se obligó a esperar una semana entera antes de volver al bosque. Pero, en ese tiempo, por mucho que se fijara en todo, los misterios no hacían más que multiplicarse.

Por ejemplo, al cabo de esa semana estaba todavía más desconcertado con el tema de las ventanas. Porque había descubierto algo: no había ni una sola en todo el edificio.

Para averiguarlo, tuvo que imponerse una especie de misión: aprenderse por dentro el colegio. Se aseguró de asomarse a todas las aulas, a todos los dormitorios, a todas las oficinas. Una mañana, durante el desayuno, incluso fingió que se equivocaba de pasillo y se plantó de golpe en la cocina. Dos cocineros pegaron un grito y a Luke le cayó una bronca monumental y un récord de diez amonestaciones, pero descubrió lo que quería saber: ni siquiera la cocina tenía ventanas.

¿Por qué? ¿Quién en su sano juicio construiría un colegio sin ventanas? Luke llegó a preguntarse si, en realidad, lo raro no sería la casa de su familia; si no sería **ella** la distinta, el hecho de tener ventanas la hacía especial y él, simplemente, lo había tomado por algo normal. Pero no: todas las casas, colegios y edificios que había visto en los libros tenían ventanas. Y cuando el Gobierno construyó el barrio de Jen, todas las casas tenían ventanas. Jen, su familia y sus vecinos eran barones; si las casas de los barones tenían ventanas, ¿por qué sus escuelas no?

Luke tampoco conseguía entender a los demás chicos. Ahora se daba cuenta de que había chicos que se mecían en casi todas sus clases. Más de una vez, Luke casi se quedó hipnotizado de tanto mirarlos. Pero parecían bastante inofensivos.

Los que de verdad le preocupaban eran los que él llamaba «los mirones»: los que le sostenían la mirada cuando él los miraba.

Todos los vigilantes de pasillo eran mirones. También lo era el chico chacal.

Luke intentaba convencerse de que los mirones le molestaban solo porque había pasado mucho tiempo escondido. Claro que no le gustaba que lo miraran fijamente. Probablemente solo actuaban con normalidad, y era él quien corría el riesgo de delatar su verdadera identidad por dejarse alterar por eso.

Pero, por algún motivo, no terminaba de creérselo.

Por la noche, cuando el chico chacal lo atormentaba, Luke mantenía la mirada clavada en el suelo. Pero podía sentir la mirada del chico chacal en el lado de su cara tan claramente como si se tratara de una bofetada o un puñetazo.

—Di: «Soy un delatado de la peor calaña» —le ordenó el chico chacal, como de costumbre, una noche.

Luke masculló las palabras. Se preguntó qué pasaría si levantaba la cabeza y lanzaba de golpe todas sus preguntas contra el chico chacal: ¿Por qué me miras así? ¿Por qué no hay ninguna ventana? ¿Por qué nunca salimos fuera? ¿Por qué estaba abierta la puerta aquel día? Y, por último: ¿Hay aquí otros niños ocultos?

Pero, claro, no podía hacerle esas preguntas al chico chacal. Al chico chacal le parecía gracioso obligar a Luke a agitar los brazos durante cinco minutos seguidos. El chico chacal solo estaba interesado en humillarlo. Seguro que le haría gracia decirle a la Policía de Población:

«Sé dónde podéis encontrar a un tercer hijo. ¿Cuál es mi recompensa?».

Así que Luke se mordió la lengua, apretó los dientes y se tocó la nariz con el dedo cincuenta veces, como le habían ordenado. Corrió sin moverse del sitio hasta que le dolieron las piernas. Estiró los brazos hacia los pies una y otra vez, hasta que el chico chacal dijo con voz aburrida:

—Fuera de mi vista.

Luke se arrastró hasta la cama sin saber si debía alegrarse de no haber puesto en peligro su tapadera, o sentirse decepcionado por no haber encontrado respuesta a sus preguntas.

Esa noche en la cama estaba tan ocupado dando vueltas a todos sus misterios que ni siquiera se le ocurrió susurrar su propio nombre. Cuando mantenía sus conversaciones imaginarias, pedía consejo en vez de ofrecer disculpas.

¿Qué piensas tú, Jen? ¿Qué pasa con este sitio? ¿Es que pasa algo? Tú salías al mundo con permisos falsos todo el tiempo. ¿La gente en todas partes se comporta como los chicos de Hendricks?

Y vosotros, mamá, papá, ¿qué opináis? ¿Está bien que vuelva al bosque?

Pero era absurdo sentir que tenía que pedir permiso a unos padres a los que no volvería a ver. O pedir consejo a una amiga que estaba muerta. Simplemente, era una lástima que fuera lo único que le quedaba.

Luke tragó saliva. No podía resolver los misterios de la escuela. No podía resolver los misterios del colegio. Pero iba a volver al bosque pasara lo que pasara.

Capítulo 13

Luke ideó un plan para salir del colegio todos los días después de comer y volver justo antes de la cena.

Era una especie de compromiso: pensaba que debía ir a algunas clases, por poco sentido que tuvieran para él. Y así tampoco se perdería ninguna comida. Ya tenía hambre todo el tiempo. Ya le costaba mantener subidos aquellos elegantes pantalones de barón sobre su cuerpo enclenque.

El primer día que salió, se escurrió fuera mientras el vigilante de pasillo miraba hacia otro lado. Ahora sabía que ninguno de los otros chicos se daría cuenta.

Qué fácil, pensó Luke mientras cruzaba el césped hacia el bosque trotando. ¿Por qué no se escapan todos los demás chicos al bosque?

Decidió que no valía la pena calentarse la cabeza con preguntas sin respuesta.

El sol brillaba, y podía notar que incluso las hojas que apenas una semana antes eran diminutas y estaban todavía enrolladas ahora estaban plenamente abiertas y crecidas. Muy arriba, en algunas zonas del bosque, el arco de las ramas tapaba el cielo por completo. *Es como una cueva*, pensó Luke. Pero eso le recordó los escondites, acurrucado dentro de casa. Se dirigió a un claro, donde la hierba luchaba por crecer entre las hojas secas del otoño anterior. También parecía haber plantas de frambuesa, en su mayoría enterradas entre la maleza enmarañada.

—Frambuesas —susurró Luke, con la boca hecha agua. Mamá cultivaba frambuesas en casa y, cada junio, mantenía a toda la familia a base de tartas, pasteles y panes de frambuesa. También hacía mermelada de frambuesa, y se la echaba a sus gachas de maíz durante todo el año.

Luke rebuscó entre las ramas, impaciente; probar una frambuesa sería como volver a casa por un instante. Pero aún no había frutos, solo algún que otro brote. Y era muy probable que las malas hierbas ahogaran esos brotes antes de que maduraran.

A no ser que las desbrozara.

En apenas diez o quince minutos arrancó las malas hierbas y despejó las plantas de frambuesa; para cuando acabó, la idea ya se le había formado del todo en la cabeza.

Podía cultivar un huerto entero allí fuera. Seguro que a nadie le importaría, o ni siquiera se enterarían. En su imaginación veía hileras rectas de maíz dulce, tomateras y guisantes. Podía poner fresas y arándanos a un lado del claro, donde les diera algo de sombra. También le gustaría tener judías. La calabaza no era práctica, porque de poco servía en crudo. Pero siempre quedaban el pepino y el calabacín, el melón y la sandía... A Luke le rugió el estómago.

Entonces se acordó de las semillas. No tenía ninguna.

El sueño de Luke se desvaneció al instante. ¿Cómo podía ser tan tonto de pensar que podía montar un huerto sin semillas? Casi podía imaginarse cómo se burlarían de él Matthew y Mark si se enteraran. Incluso a papá y mamá les costaría no reírse. Solo llevaba un mes fuera de casa y ya había olvidado lo que se necesitaba para cultivar un huerto.

Miró con decepción aquellas miserables plantas de frambuesa. Entonces, casi pudo oír la voz de su madre en sus oídos: «Aprovecha al máximo lo que tienes». ¿Cuántas veces le había oído decir eso?

Incluso una sola frambuesa estaría riquísima.

Tal vez pudiera encontrar plantas de arándanos o de fresas en algún sitio del bosque y trasplantarlas.

Y quizá pudiera sacar semillas de alguna de las comidas de la escuela. Por ejemplo, de los brotes de soja que siempre le daban de comer. ¿Podría plantarlos? No sabía en qué tipo de judías se convertirían, pero, aunque fueran de soja, Jen le había dicho una vez que el Gobierno consideraba que eran comestibles. Asadas, tal vez. Podía hacer un fuego.

Y quizá más adelante, ya entrado el verano, servirían tomates o melón o sandía, y de algún modo podría llevarse las semillas a su habitación. Para entonces ya sería tarde para plantarlas, pero podría guardarlas para el año siguiente...

Solo de pensar en quedarse un año entero en el Colegio Hendricks se le hacía un nudo en la garganta. Un año entero sin su familia, un año entero de duelo por Jen, un año entero sin hablar con nadie más que con el chico chacal. Un año entero con nada más que un nombre falso y ropa que no le quedaba bien.

Luke se puso en pie y plantó los pies con firmeza en el suelo.

—Tengo el bosque —dijo en voz alta—. Tendré el huerto. Esto es mío.

Capítulo 14

Al cabo de una semana, Luke ya tenía un buen trozo de terreno limpio. Las frambuesas quedaban en el centro y, a cada lado, se alineaban hileras rectas de brotes de judía. Ahora casi siempre fingía que le pedía consejo a su papá.

—¿Tú qué crees, papá? —decía en voz alta, como si de verdad estuviera allí para responderle—. ¿Estoy perdiendo el tiempo o voy a tener una buena cosecha en otoño?

En el fondo, Luke no estaba nada seguro. Pero se le hinchaba el pecho de orgullo cada vez que miraba aquel pequeño huerto tan bien cuidado. Siempre pensaba en explorar más bosque, pero al final se le iba el tiempo cavando, arrancando malas hierbas y atendiendo su parcela. Espantaba con impaciencia a las ardillas y a las ardillas listadas, y pensaba que ojalá pudiera quedarse fuera todo el día, montando guardia junto al huerto.

Cada tarde, eso sí, no apartaba el ojo del reloj de barón que llevaba ahora en la muñeca, para poder echar a correr de vuelta al colegio justo a las seis. Lo había encontrado en la maleta, y le había llevado lo suyo aprender a leerlo. Sabía que aquellas rayas y aquellas «V» y «X» eran números, pero no se parecían en nada a los que él conocía. ¿Por qué los barones tenían que hacerlo todo tan complicado y rebuscado? En casa, mamá y papá solo tenían un reloj digital en la cocina. Iba marcando los minutos con toda claridad. A Luke, aquel reloj de pulsera le parecía un idioma extranjero. Pero empezó a fijarse en la inclinación de los rayos del sol, a estudiar los relojes digitales de la escuela y a compararlos con el reloj que llevaba en la muñeca, hasta que, finalmente, pudo entender el reloj de barón tan bien como cualquier otro.

Eso también le hizo sentirse orgulloso.

Al igual que su siguiente logro.

Un día, en la comida, sirvieron patatas asadas en el comedor del colegio. Estaban tan poco hechas que casi crujían. Luke mordió una punta cruda a la que ni siquiera le habían quitado el ojo. La escupió y refunfuñó para sí mismo: *Prefiero plantar esto que comerlo.*

Plantarlo. Claro. ¿Cuántas primaveras se había pasado Luke troceando patatas para sembrarlas? Él y mamá, sentados junto a un cubo de diez litros, con los cuchillos reluciendo. De pequeño, siempre intentaba apoyar los pies en el borde del cubo, igual que hacía mamá, pero nunca le llegaban. Y cuando por fin le llegaron, nunca acababa de encontrar el equilibrio y volcaba el cubo entero. Mamá lo miraba seria y suspiraba: «Recógelo». Pero luego sonreía, como si en realidad no estuviera enfadada. Y se pasaba todo el rato hablándole mientras trabajaban: «Cuidado con el cuchillo, no cortes hacia tu mano. Asegúrate de que en cada trozo quede un ojo, ¿eh? Nada crece si no tiene ojo».

Pero las patatas no necesitaban semilla para crecer. Solo hacía falta una patata cruda.

Disimulando, Luke usó el tenedor para separar la parte cocida de la cruda. Dejó caer la parte cruda en la mano y se la deslizó al bolsillo. Probablemente nadie había usado nunca unos pantalones de barón para transportar trozos de patata, pero a Luke no le importaba.

En cuanto sonó el timbre del final de la comida, Luke se movió rápido entre las mesas, recogiendo los trozos de patata que habían dejado los demás donde podía. En cuestión de minutos tenía los bolsillos a rebosar.

Caminó con rigidez por el pasillo y salió por *su* puerta, procurando no aplastar las patatas.

Nadie se dio cuenta.

Ya en el bosque, Luke vació los bolsillos y examinó su tesoro. Tenía ocho trozos de patata que parecían buenos candidatos para plantar. Ojalá se le hubiera ocurrido sacar también un cuchillo del comedor, pero ya no tenía arreglo. Partió por la mitad tantos trozos como pudo usando las uñas y la fuerza bruta. Luego los plantó en una hilera junto a las judías.

Cuando terminó, Luke se recostó contra el tronco de un árbol y contempló su obra. Había quedado muy bien. En unos días sabría si algo iba a crecer. Le pareció que los brotes de judía estaban más grandes. Al menos no se habían mustiado.

Tras descansar unos minutos, bajó hasta un arroyo que atravesaba el bosque y, con las manos a modo de cuenco, hizo varios viajes para llevar agua a su huerto. ¡Si ahora tuviera uno de aquellos cubos de diez litros! Hasta un vaso le vendría bien. Quizá pudiera llevarse uno del comedor.

Mientras tanto, no le importaba en absoluto usar las manos. Yendo y viniendo entre el arroyo y su huerto, Luke sintió una extraña oleada de emoción, una que hacía tanto que no sentía que casi había olvidado cómo se llamaba.

Feliz, pensó asombrado. *Estoy feliz.*

Capítulo 15

Al día siguiente, Luke salió disparado hacia su huerto con más ilusión que nunca. Aún era pronto para notar nada en las patatas, pero si las judías seguían teniendo buen aspecto, casi seguro que aguantarían, crecerían y acabarían dando cosecha. ¿Y las frambuesas? ¿Tendrían más brotes aquel día?

Luke llegó al claro y se quedó helado.

Su huerto estaba destruido.

Las ramas de frambuesa estaban quebradas, formando ángulos raros; las plantas de judía, pisoteadas, aplastadas contra el barro. Todavía no habían asomado los brotes de patata, claro, pero todo estaba tan removido que Luke ni siquiera podía distinguir dónde las había plantado.

—No —murmuró Luke—. No puede ser.

Quiso creer que, sin darse cuenta, se había metido en otro claro. Pero era imposible. Allí estaba, a un lado, el arce con el corte irregular en el tronco; al otro, el roble con la rama vencida; y, en medio, el tronco podrido: aquel era su huerto.

O lo había sido.

¿Quién lo había destrozado?

Lo primero que pensó fue que habían sido animales. En casa, cuando aún criaban cerdos, más de una vez se habían escapado y habían terminado en el huerto. Lo removían todo como locos y mamá se ponía furiosa con los destrozos.

Pero en aquel bosque no había cerdos. Luke no había visto nada más grande que una ardilla. Y, por mucho que se hubiera pasado el tiempo espantándolas y preocupándose, sabía que unas ardillas no podían causar esos daños.

Y las ardillas no llevaban zapatos.

Hasta entonces había estado demasiado hundido para fijarse: en vez de huellas de animales, el huerto estaba lleno de marcas del mismo tipo de zapatos que llevaba él. Unos zapatos de barón, de suela lisa, habían pisoteado sus frambuesas, aplastado sus judías, pateado los caballones de patata. Habían pasado una y otra vez por encima de su huerto.

Por un instante absurdo, Luke se preguntó si la culpa podía ser suya. ¿Habría sido descuidado al marcharse del huerto el día anterior? ¿Podría haber pisado sus propias plantas por error? Eso era ridículo. Él nunca haría algo así.

¿Y si se hubiera levantado sonámbulo y hubiera salido al bosque de noche sin darse cuenta?

Eso era aún más absurdo. Lo habrían pillado.

Además, no dormía con los zapatos puestos.

En cualquier caso, lo comprobó al poner su propio pie al lado de las otras huellas: algunas las habían dejado zapatos más grandes que los suyos; otras, zapatos más pequeños.

Un montón de gente había estado en el huerto de Luke. Un montón de gente había ido allí a destrozarlo.

Luke se dejó caer al suelo, junto al tronco del árbol. Se cubrió el rostro con las manos.

—Era lo único que tenía —gimió.

Una vez más, fingía hablar con alguien que no estaba allí. Pero ahora no se dirigía a mamá ni a papá, ni a Jen ni al señor Talbot. Hablaba con Matthew y Mark, sus hermanos mayores. Tenía que disculparse con ellos. Tenía que explicar por qué él, Luke Garner, un chico de doce años, estaba llorando.

Capítulo 16

Luke volvió al colegio más pronto de lo habitual aquella tarde. ¿De qué le servía quedarse en el huerto? Solo conseguiría ponerse aún más triste. No valía la pena intentar arreglarlo ni volver a plantar nada. Quien hubiera hecho eso solo tendría que regresar para destrozarlo otra vez.

Mientras se lavaba la cara en el arroyo antes de irse, Luke no paraba de hacerse preguntas. ¿Quién había hecho aquello? ¿Quiénes eran los vándalos, los criminales? No encontraba ninguna palabra lo bastante dura para describirlos. Entonces se acordó de los insultos que llevaba un mes escuchando.

Sí. Los culpables eran parásitos. Parias. Catetos.

Luke se secó la cara con la manga, dejando una mancha de barro. ¿Y qué?

Al alejarse del arroyo, dio un rodeo grande para no tener que ver otra vez su pobre huerto destrozado.

Ni siquiera se molestó en cruzar corriendo la enorme extensión de césped de vuelta al colegio. Avanzó arrastrando los pies.

Al llegar a la puerta, se le despejó un poco la cabeza. No podía entrar ahora, a media clase. Llamaría demasiado la atención, deambulando solo por los pasillos. ¿Cuánta gente les había gritado a él y a Rolly aquel primer día? Luke miró el reloj y descifró la hora como pudo. Apenas era la una y media. Probablemente faltaría otra media hora para que terminaran las clases y pudiera mezclarse entre el resto de chicos que iban de un aula a otra.

Luke se apoyó desesperadamente contra la áspera pared de ladrillo junto a la puerta. Casi agradecía el dolor: el raspón en el brazo, la presión de los ladrillos contra la frente. Quizá debería salir corriendo otra vez hacia el bosque, donde podía esconderse mejor, estar más seguro. Pero le daba igual. Había renunciado a su nombre, a su familia, a todo, por estar a salvo. Y ahora ya no le parecía tan buena idea.

Además, el bosque ya no le parecía nada acogedor. No era suyo. Nunca lo había sido.

De pie en actitud estoica ante la puerta cerrada, Luke entendió por fin las pistas que antes había sido demasiado torpe, o ciego, o iluso, para ver. Claro que algunos de los otros chicos iban al bosque. Por eso el vigilante del pasillo se había puesto tan nervioso la primera vez, cuando vio a Luke cerca de la puerta. El vigilante no estaba vigilando el pasillo: estaba vigilando la puerta. Algunos chicos pensaban escabullirse fuera aquella noche, y el vigilante se aseguraba de que todo estuviera tranquilo. Probablemente se escabullían al bosque continuamente.

Luke casi podía imaginar cómo habrían reaccionado al descubrir el huerto.

—¡Eh, mirad! —oyó decir a uno—. ¡Vamos a destrozarlo!

Y eso hicieron: una horda de chicos pisoteando las patatas, arrancando las frambuesas, lanzando por los aires las plantas de judía arrancadas por todo el huerto. El huerto de Luke.

—Te voy a encontrar —susurró—. Te voy a atrapar.

Capítulo 17

A las dos en punto, Luke abrió la puerta de un tirón y echó un vistazo. Había calculado bien: los chicos iban y venían de las clases, con la cabeza gacha y la vista clavada en el suelo. Pero justo enfrente de la puerta había un vigilante de pasillo. Luke dio un respingo y se echó hacia atrás.

Mira hacia otro lado, mira hacia otro lado, le ordenó mentalmente al vigilante. Y esperó. Entonces, justo cuando se movió, listo para volver a asomarse, vio que la puerta se cerraba.

Oh, no. Luke intentó entender qué había pasado.

¿Habría visto el vigilante la puerta entreabierta y pensado que alguno de su pandilla de gamberros se había olvidado de cerrarla, y la había empujado solo para cubrirse las espaldas?

¿O sabía que Luke estaba ahí fuera?

Mantén la calma, se ordenó Luke, sin éxito. El pánico lo desbordó. Y la ira. Odiaba a aquel vigilante. Probablemente era uno de los que habían pisoteado su huerto.

Luke podría haber ido a buscar otra puerta. Podría haber esperado otra hora, con la esperanza de que cambiaran al vigilante de ese puesto y el siguiente fuera menos atento. Incluso podría haberse vuelto al bosque y aguardar hasta su hora habitual para regresar.

Pero no lo hizo. Cogió el pomo de la puerta y tiró de él.

Al abrirse la puerta de golpe, Luke vio que el vigilante de pasillo no estaba mirando directamente hacia allí en ese momento. Si era lo bastante sigiloso, podía colarse sin llamar la atención. Pero Luke dejó que la puerta se cerrara de un portazo a su espalda. Un grupo de chicos con la vista clavada en el suelo dio un respingo con el ruido e incluso alzó la cabeza un segundo. Algunos echaron a correr, tan asustados como si alguien hubiera disparado un arma. Otros ni siquiera miraron hacia Luke.

El vigilante se volvió de inmediato. Luke se pegó al grupo de chicos que avanzaba despacio, todos con la cabeza gacha. Pero, justo antes de agachar la suya, se cruzó con la mirada del vigilante. Sus ojos se encontraron un instante. Luke esperó a que el monitor lo cogiera del cuello de la camisa, a que pegara un grito, a que lo arrastrara hasta el despacho del director. Sintió cómo se le encogían los hombros.

No pasó nada.

Luke siguió avanzando, arrastrando los pies con los demás chicos y se atrevió a levantar la vista de nuevo. El vigilante miraba atento más allá de él, como si no existiera.

Sabe que estaba fuera, pensó Luke. *Y sabe que sé que él lo sabe. ¿Por qué no hace nada?*

Luke se dio cuenta de que todo aquello era como una partida de ajedrez. Se acordó de un invierno en que Matthew y Mark habían llevado a casa un juego de ajedrez del colegio. Luego cayó una gran nevada y se quedaron aislados mucho tiempo, así que sus hermanos se pasaron horas jugando. Luke era bastante más pequeño entonces, tendría cinco o seis años. Aquel juego, que tenía fascinados a sus hermanos, para él solo era un misterio.

«¿Por qué no se mueven todas las piezas de la misma manera?», preguntó, cogiendo la pieza con forma de caballo. «¿Por qué esta no puede ir en línea recta como la torre?».

—Porque no puede —le había contestado Matthew, de mal humor, mientras Mark chillaba:

—¡Deja eso! ¡Nos estás fastidiando la partida!

Ahora Luke estuvo a punto de pisarle el talón al chico que tenía delante. El otro ni siquiera se giró. Si todas las personas del colegio fueran piezas de ajedrez, pensó Luke, la mayoría de los chicos serían peones. Los vigilantes de pasillo y los otros a los que él llamaba *mirones* serían las piezas grandes, las importantes. Los alfiles. Y el rey. Luke recordó cómo Matthew y Mark cuidaban de esas piezas, sacrificando peones, caballos y torres para protegerlas. Nunca había entendido por qué. Y ahora tampoco entendía al vigilante del pasillo.

Pero sabía cómo averiguarlo.

Capítulo 18

Cuando terminó la cena aquella noche, Luke se escabulló del comedor pegado a los demás chicos. Pero en vez de entrar en la sala de la charla nocturna, como hacía todo el mundo, se deslizó por un pasillo oscuro. No era el camino directo hacia la puerta que daba al exterior, pero si doblaba tres esquinas y desandaba un tramo, llegaría igual.

Ahora sí que me conozco bien la escuela, pensó, sorprendido. *Si ahora tuviera una nota que necesitara leer a escondidas, no habría ningún problema.*

Luke se sentía décadas más viejo que aquel crío asustado que se había agobiado tanto por la nota del padre de Jen.

Solo era un trozo de papel. ¿Qué esperaba?

Luke se preguntó: *¿Algún día miraré atrás y me arrepentiré de haberme puesto así por un huerto destrozado?*

No.

Luke se había repetido que no pasaba nada si se cruzaba con algún vigilante de pasillo. Podía plantarse delante y empezar a hacerles preguntas: *¿Por qué destrozasteis mi huerto? ¿Y si le contara al director que os estáis escapando?* Pero ahora, avanzando a hurtadillas por el pasillo desierto, se alegraba de no tener que poner a prueba aquella valentía de boquilla.

Por lo que había visto, los vigilantes solo custodiaban el camino principal hacia la puerta. Ya lo sospechaba. No necesitaban andarse con muchas precauciones: casi todos los chicos del colegio se comportaban como ovejas y solo iban donde les mandaban. Y daba la impresión de que por las noches todos los profesores desaparecían.

Luke se detuvo en la última esquina antes de la puerta. El tic-tac de su reloj le retumbaba en el pasillo, como si fuera lo único que sonara. Se apretó la muñeca contra el pecho para ahogar el sonido. Entonces fue su propio corazón el que empezó a hacer demasiado ruido. Le zumbaban los oídos de tanta tensión.

¿Se habría sentido así Jen la noche que salió hacia la manifestación? ¿Valiente, temeraria, loca, decidida, muerta de miedo... todo a la vez?

No le parecía justo compararse. Jen había ido a la manifestación —y ni siquiera eso: la había encabezado— para intentar conseguir derechos para los terceros hijos de todo el país. Ni sus propios padres sabían lo que estaba haciendo. Pero estaba tan convencida de que nadie debería vivir escondido, que había muerto por eso.

Luke estaba rabioso por un huerto.

Pensándolo así, se sintió ridículo. Se preguntó si no debería darse la vuelta. Pero que la causa de Jen fuera enorme no significaba que la suya no importara. Igual que Jen, Luke quería reparar una injusticia.

Justo entonces oyó los sonidos que estaba esperando: un susurro, una risa ahogada, el *clic* del pestillo de la puerta. Luke esperó cinco minutos enteros; estaba demasiado oscuro para ver el reloj, así que fue contando los tic-tac. Luego salió de las sombras de puntillas y siguió a los otros por la puerta hacia el exterior.

Capítulo 19

La luna brillaba en el cielo.

Hacía tanto que Luke no veía la noche que se había olvidado de lo mágica que podía ser. Aquella noche la luna estaba llena, un precioso disco colgado, a baja altura, sobre el bosque. También reconoció los mismos puntitos de luz de las estrellas que solía ver en casa. Pero aquí las estrellas parecían más opacas, eclipsadas por un resplandor en el horizonte, más allá del bosque. Se quedó perplejo ante aquel brillo: estaba en la parte equivocada del cielo para ser la puesta de sol. ¿Qué otra cosa podía brillar tanto?

Luke recordó que el padre de Jen había dicho que la escuela estaba cerca de una ciudad. ¿Podía una ciudad tener luces tan brillantes, que se vieran desde tan lejos?

—No sé nada —susurró Luke para sí. Había pensado que salir de su escondite lo pondría por fin frente al mundo, que allí fuera aprendería de todo. Pero estar en Hendricks parecía solo otra forma de estar escondido.

En ese momento, una luz se encendió y se apagó entre los árboles, y Luke supo que no tenía tiempo para vacilar. Había planeado cruzar el césped a hurtadillas, pero la luz de la luna era tan intensa que tuvo miedo de que lo vieran. Decidió jugársela y echar a correr.

Nadie gritó. Nadie le siseó: «¡Fuera de aquí!».

Luke llegó al borde del bosque y se escondió detrás de un árbol. Luego avanzó con sigilo hasta el siguiente. Y luego hasta otro. La luz se movía de forma errática, justo un poco más adelante.

Ojalá se hubiera molestado en explorar el bosque, en orientarse. Le aterraba darse de bruces con un árbol, meter el pie en un agujero o tropezar con un tocón. Se dio un golpe en la espinilla y tuvo que morderse el labio para no soltar un grito. Pisó algo blando y estuvo a punto de caerse. Se preguntó si estaría dando vueltas en círculos.

Entonces oyó voces.

—... odio la naturaleza...

—Ya, bueno, pues busca un sitio mejor para vernos...

Luke se fue acercando, paso a paso. Una voz extrañamente familiar estaba en plena explicación:

—... es otra vez tu miedo a estar al aire libre. Tienes que superarlo, ¿no?

—Para ti es fácil decirlo —refunfuñó otra persona.

Ahora Luke estaba lo bastante cerca como para ver la parte de atrás de varias cabezas. Se atrevió a avanzar hasta el siguiente árbol y asomarse. Ocho chicos estaban sentados en semicírculo alrededor de una linterna portátil pequeña y mortecina. De pronto, otra luz se encendió al otro lado del grupo. Crujió una ramita al partirse. Luke se agachó detrás del árbol.

—¿A qué viene esta reunión de emergencia?

Era la voz de una chica.

Luke contuvo el aliento.

Jen...

No era Jen, claro. Cuando se atrevió a asomarse otra vez, vio a una chica alta y larguirucha, con dos trenzas claras y finas cayéndole a ambos lados de la cara. Jen era más baja, más fuerte, y llevaba el pelo castaño corto, casi como un chico. Pero solo oír de nuevo una voz de chica hizo que Luke se sintiera extraño. Eso lo frenó y le quitó de la cabeza todas las locuras que había medio planeado: saltar desde detrás del árbol y empezar a lanzar acusaciones a gritos, hacerse pasar por un fantasma que rondaba el bosque, buscar alguna forma de vengarse.

Ahora lo único que le quedaba era escuchar.

—Perdón por molestar a las princesitas de Harlow —respondió con sorna una voz masculina.

Luke reconoció enseguida esa voz. Se inclinó para mirar. Sí. Claro.

El chico chacal.

—Es el nuevo —estaba diciendo el chico chacal—. Se comporta raro.

Tenía que haber sabido que el chico chacal estaba metido en esto, pensó Luke. *Seguro que lo organizó todo, que fue el primero en lanzarse contra mi huerto...* Frunció el ceño. Luego reparó en lo que acababa de decir el chico chacal. *¿«El nuevo»?* Que Luke supiera, solo había un nuevo en Hendricks: él mismo.

—¿Raro? —replicó la voz de la chica—. Es un chico, ¿no? La rareza viene de serie.

Se oyeron risitas. Luke entornó los ojos, intentando ver en la oscuridad. Le pareció distinguir a otras tres o cuatro chicas además de la de las trenzas.

—No seas tan paria —dijo el chico chacal.

—Paria y orgullosa —respondió la chica.

Luke aguzó el oído, como si eso pudiera ayudarle a entender mejor lo que decían. ¿Quién podía estar orgulloso de ser un *paria*? Si había aprendido algo en Hendricks, era que *paria* era de los peores insultos que se le podían soltar a alguien.

—Sí, sí. No te veo gritarlo por ahí más que a oscuras, en el bosque, cuando no hay nadie cerca —se burló el chico chacal.

—¿Así que admites que no eres nadie? —dijo la chica.

Uno de los chicos que estaban junto al chico chacal dejó escapar un gruñido de frustración.

—¿Por qué perdemos el tiempo hablando con ellas? —se quejó.

Luke vio cómo el chico chacal le clavaba un codazo en las costillas.

—Voy a ser generoso y haré como que no he oído eso —dijo el chico chacal, con aires de superioridad, y luego prosiguió, dirigiéndose a la chica—: Naturalmente, no esperamos que nos echéis una mano con este asunto. Pero hemos pensado que es mejor para todos manteneros informadas.

La chica se sentó y las demás la imitaron.

—Pues infórmanos.

—El nuevo... —comenzó a decir el chico chacal.

—¿Tiene nombre? —interrumpió la chica.

—Está registrado como Lee Grant —explicó.

Luke se fijó en cómo lo había dicho. «Registrado como...», no «se llama...».

¿Acaso el chico chacal sospechaba algo?

—Lo estuve buscando —continuó el chico chacal—. Su padre está al frente de Gas y Electricidad Nacional. Asquerosamente rico. Y ha cambiado de colegio un montón de veces.

—Eso podría encajar —dijo la chica.

—Pero no parece que tenga autismo ni ninguno de los otros trastornos. Ni siquiera creo que sea agorafóbico.

Luke ni siquiera intentó descifrar aquellas palabras raras. El chico chacal siguió hablando.

—Trey, el de ahí, lo vio entrar desde fuera esta tarde.

—¿Ha estado fuera? —preguntó la chica. Parecía sorprendida, incluso un poco impresionada—. ¿Aquí fuera? ¿En el bosque? ¿De día?

—No sé —dijo el chico chacal. Luke se sintió casi triunfante al percibir la nota de tristeza en su voz. Pero, aun así, estaba confundido. ¿El chico chacal y sus amigos habrían destrozado el huerto sin saber siquiera que era suyo? ¿O estaba mintiendo?

—Trey no lo vio hasta ya había vuelto a entrar —siguió el chico chacal—. Él... ya sabes... no soporta mirar directamente a la puerta.

—Sí, se nota que tenéis un sistema de vigilancia estupendo —dijo la chica.

—Cállate, Nina —gritó uno de los chicos. Luke supuso que sería Trey.

—¡No me llames así! —saltó la chica.

¿Por qué iba a tener un nombre que no quería oír?

Y entonces Luke lo entendió. Él también tenía un nombre que odiaba. Lo odiaba porque era falso. Igual que el de ella.

Nina era otra ex niña oculta. Tenía que serlo.

Luke miró al grupo con otros ojos. Seguro que todos eran terceros hijos ilegales con identidades falsas. El corazón le dio un vuelco. Por fin había encontrado a otros como él. Por fin había encontrado un sitio al que pertenecer.

Luke empezó a salir de detrás del árbol, dispuesto a dejarse ver. Por fin había encontrado a otros chicos con quienes hablar de lo duro que era fingir ser otra persona. Por fin había encontrado a otros que entenderían lo difícil que era salir de su escondite. Por fin había encontrado a otros chicos en los que podía confiar, como había confiado en Jen. Podrían llorar a Jen con él.

Entonces se acordó: estaba casi seguro de que ellos eran quienes habían destrozado su huerto.

Se quedó quieto.

—Vale, vale —estaba diciendo el chico chacal—. Calma. El caso es que este crío, este «Lee», no encaja en ninguno de los perfiles.

—¿Le hiciste la prueba? —preguntó Nina.

—Eh, bueno, hubo un pequeño problema... —dijo el chico chacal con vacilación.

—¡Venga, dilo! —estalló Trey, furioso—. ¡Lo estropeé todo! ¡No sé por qué me obligáis a vigilar ese lugar!

—Porque eres el más valiente —dijo el chico chacal. Luke reconoció esa forma de hablar: era el mismo tono meloso que usaban sus hermanos cuando querían que hiciera algo desagradable, como limpiar la pocilga o echar estiércol en el huerto.

Trey se volvió hacia Nina.

—Dejé la puerta abierta, pero no aguantaba estar tan cerca —dijo—. Me fui pasillo abajo. ¡Solo un minuto! Cuando volví, ese tal Lee había desaparecido.

Dejé la puerta abierta... De repente, Luke lo entendió. Aquella primera vez que había visto la puerta entornada había sido una prueba montada por la pandilla del chico chacal.

Pero ¿qué querían probar exactamente?

—A lo mejor sí salió fuera, entonces —dijo Nina.

Todos los chicos negaron con la cabeza, incrédulos.

—Estuve esperando tres horas —dijo Trey—. Me pasé todo el tiempo mirando la puerta, de verdad. Nadie se quedaría fuera tanto rato.

¿Y por qué no?, pensó Luke.

—Entonces, ¿es de los nuestros o no? —quiso saber Nina.

La pregunta se quedó flotando en la oscuridad del bosque. Luke también quería saber la respuesta.

—Quién sabe —dijo el chico chacal—. El problema es que se está volviendo muy atrevido. Raro, ya os lo he dicho. Nos da miedo que nos meta a todos en un lío. Que nos deje al descubierto. Esta tarde se limitó a mirar fijamente a Trey, como si le diera igual lo que Trey viera o hiciera. Estaba...

—Desafiante —intervino Trey.

Hasta Luke pudo notar la cara de desconcierto que se le quedó al chico chacal al mirarlo.

—¡Lo siento! —se apresuró a decir Trey—. Cuando vivía escondido no tenía otra cosa que hacer que leer, ¿os acordáis? No tenía tele como los demás. Me sé demasiadas palabras raras. «Desafiante» quiere decir que, eh... me estaba desafiando, me estaba...

—Plantando cara —dijo Luke en voz alta.

Y salió de detrás del árbol.

Capítulo 20

Luke sintió doce pares de ojos clavados en él. La boca de Nina se quedó congelada en una pequeña «o» de sorpresa. Al chico chacal se le descolgó la mandíbula.

Pero nadie estaba más sorprendido que el propio Luke. *¿Por qué lo has hecho?*, se preguntó. Recordó que había pensado que la mayoría de los chicos de Hendricks se comportaban como peones. *Yo también soy un peón, ¿recuerdas? El Luke Garner de siempre, que no sabe nada de nada, que se acurruca en el desván mientras su mejor amiga muere por la causa. Salir de detrás de aquel árbol era algo que habría hecho Jen. Yo no.*

Pero lo había hecho. ¿Y ahora qué?

Luke habría dado cualquier cosa por poder deslizarse otra vez detrás del árbol o, ya que ahora no servía de mucho como escondite, darse la vuelta y salir corriendo. Pero las piernas le temblaban tanto que mantenerse de pie le costaba un esfuerzo enorme.

Había tal silencio que Luke volvió a oír el tictac de su reloj.

Muy bien. Me he metido en este lío por actuar como Jen. ¿Qué haría ella ahora?

Hablar. Jen siempre sabía hablar.

—Habéis destrozado mi huerto —acusó Luke—. Tendréis que compensarme.

Luke también sabía soltar palabras rebuscadas. Le pareció ver un destello de aprobación en los ojos de Trey. Los demás se quedaron mirándolo con cara de póker.

¿Se molestaría Jen en dar explicaciones o preferiría dejar que se sintieran tontos?

—¿Huerto? —preguntó el chico chacal—. ¿Qué huerto?

No era la reacción que Luke esperaba.

—¿Qué huerto? —repitió—. Mi huerto. Allí. —Señaló hacia la oscuridad—. Anoche alguien lo pisoteó entero, pateó mis judías, rompió mis frambuesas. Sois los únicos que veo por el bosque. —Luke intentó dejarse llevar por el empuje de la rabia, pero las caras que tenía delante seguían vacías. ¿Se habría equivocado por completo? ¿Era posible que fueran inocentes? Remató, ya sin fuerza—: Así que me debéis una.

El chico chacal negó con la cabeza.

—No sabemos de qué estás hablando.

No parecía estar mintiendo. Pero ¿qué tal se le daba a Luke reconocer mentirosos?

—Os lo enseñaré —insistió, impaciente.

De pronto tuvo la sensación de que, si los veía mirando los destrozos, podría saber por sus caras si eran culpables o no. Se giró a toda prisa y echó a andar. Le sorprendió oír pasos detrás de él. ¿Le habían hecho caso? ¿Lo estaban siguiendo?

Avanzaron por el bosque formando una extraña procesión: Luke en cabeza, detrás los chicos con la linterna, y al final las chicas con otra más débil. Luke se equivocó de camino un par de veces, incluso tuvo que desandar un tramo, pero rodeó un poco confiando en que nadie se diera cuenta. Por fin llegaron al claro de Luke. A la luz de la luna parecía un sitio desolado: solo un tocón y unas plantas enclenques. No daba la impresión de haber sido nunca un huerto.

—¡Ahí! —dijo Luke, intentando sonar ofendido e indignado. Su voz sonó chillona—. ¿Veis estas frambuesas partidas? ¿Veis las judías aplastadas? Pero ¿por qué os lo tengo que enseñar? Sabéis lo que habéis hecho.

En sus caras no se veía el menor rastro de culpa. Seguían con la misma expresión de desconcierto.

—Está loco —siseó el chico chacal.

—Un momento —dijo Nina—. ¿Volvisteis anoche al colegio por aquí?

Trey se encogió de hombros.

—Puede ser —dijo.

Otro de los chicos intervino:

—Total, no distinguimos un árbol de otro.

—Entonces a lo mejor pisasteis su huerto sin querer —dijo Nina—. Y ni os enterasteis.

—Yo desde luego no sabría reconocer un huerto —dijo otra chica—. ¿Cómo es un huerto? ¿Es así? ¿Qué estabas plantando?

—Nada —murmuró Luke.

De pronto, se sintió abrumado por la vergüenza. Se había sentido tan valiente al salir de detrás del árbol... y solo había conseguido hacer el ridículo. Mirando a su alrededor, veía perfectamente cómo los otros chicos podían no haberse fijado en lo que había plantado y pisotearlo sin darse cuenta. Más que un huerto, aquello era un triste intento. Y él había sido igual de patético por creer que significaba algo, y más aún por pensar que valía la pena arriesgarse por ello. Ojalá pudiera dar marcha atrás y quedarse escondido detrás de un árbol para siempre.

El primero en echarse a reír fue el chico chacal.

—¿Te creías que esto era un huerto? ¿Te escapabas hasta aquí para hacer un huerto? —se burló.

Los demás también empezaron a reír por lo bajo. La vergüenza de Luke se convirtió en rabia.

—¿Y qué? —saltó, otra vez desafiante.

—Pues que eres un cateto —dijo el chico chacal. Se reía tanto que casi se dobla por la mitad. «Un cateto auténtico.

—Siempre dices eso —refunfuñó Luke—. Ni siquiera sé lo que es eso.

—Alguien del campo —aclaró Trey, como si quisiera echarle una mano—. Como un paleto. Eso es lo que realmente quiere decir. Pero ahora se usa así, en general, como llamar a alguien memo o estúpido.

A Luke le pareció que Trey casi sonaba arrepentido, pero eso solo lo enfadó más.

—¿Y qué tiene de malo ser del campo? — preguntó Luke.

—Si tienes que preguntar... —dijo el chico chacal, riéndose otra vez. Tuvo que sentarse en el tocón podrido para recuperar el aliento. Luke deseó que se le quedaran las manchas de moho marcadas en los pantalones—. ¿Quieres que te diga algo todavía más gracioso? —prosiguió—. Apuesto a que, en realidad, también eres un paria. Así que todos esos insultos: cateto, paria, parásito... son verdad. No sé si alguna vez he conocido a alguien que sea las tres cosas a la vez. Vamos a tener que inventar una palabra nueva solo para ti. ¿Cuál podría ser?

Luke miró al chico chacal y a los demás, que se reían a su espalda. Le ardía la cara. ¿Cómo había podido pensar, ni por un segundo, que esos podían ser chicos en los que confiar? ¿Que podría encajar con ellos?

—¡Dejadme en paz! —gritó, y se dio la vuelta y echó a correr.

Capítulo 21

Luke oía a alguien corriendo a trompicones entre los árboles, detrás de él, pero no se volvió. Se había metido en la parte más oscura del bosque y necesitaba toda su concentración para esquivar las ramas que parecían salir de la nada. De hecho, si hubiera querido darse más miedo todavía, podría haber imaginado que eran brazos de bruja, dedos de demonios. No estaba acostumbrado a correr por el bosque de noche. En su casa, cuando salía después del anochecer, casi siempre era para cazar luciérnagas en el patio trasero o jugar al balón a la luz de la luna con sus hermanos: diversiones inocentes.

Era tan pequeño entonces. Tan pequeño, tan en casa.

Se obligó a correr más deprisa, pero quien fuera que venía detrás parecía estar a punto de darle alcance. Luke empezó a correr en zigzag, porque una vez había leído que así era como los conejos escapaban de sus depredadores. Y, de pronto, se estampó contra un árbol. Gritó de dolor y retrocedió tambaleándose.

Una sombra se le echó encima. Antes de darse cuenta, estaba inmovilizado en el suelo.

Recordó otra ocasión en la que lo habían derribado así: la primera vez que se coló a escondidas en casa de Jen. Hizo un ruido y, cuando quiso darse cuenta, ella lo tenía boca abajo sobre la alfombra. Luego se hicieron amigos.

Esta no era Jen.

—¿Se puede saber qué estás haciendo? —le susurró una voz al oído. La del chico chacal—. Si vuelves ahora, durante el adoctrinamiento, te van a ver. Se darán cuenta. Y entonces vendrán a por el resto de nosotros.

¿El adoctrinamiento? Luke supuso que el chico chacal se refería a la charla vespertina. El nombre le pegaba:

siempre iba de lo maravilloso que era el Gobierno. Pero Luke había estado corriendo sin rumbo. Simplemente huía.

—¿Quién me va a ver? —preguntó—. Los únicos que vigilan son los del pasillo. Y todos ellos te informan a ti, ¿verdad?

—Lo has pillado —respondió el chico chacal. Parecía satisfecho—. Me costó lo suyo montar ese sistema. Total, a los profesores no les gustaba hacer guardia en los pasillos. Y ahora...

—Ahora puedes hacer lo que te dé la gana, ¿no? —le cortó Luke—. A no ser que yo hable.

No sabía ni por qué había soltado aquella amenaza. Quizá por costumbre: después de doce años siendo el hermano pequeño, conocía bien el poder del chivatazo.

Y también lo fácil que podía salirle el tiro por la culata.

—Te propongo un trato —disparó Luke—. Si me sueltas, no volveré ahora. Responde a algunas preguntas y no diré nada. Guardaré vuestros secretos.

El chico chacal pareció pensárselo. Finalmente, dijo:
—Vale.

Luke se incorporó torpemente y se apartó. Se frotó un lado de la cara. No estaba seguro de si le dolía por haberse estampado contra el árbol o por el golpe contra el suelo. Cuando retiró la mano, la notó húmeda.

—Estoy sangrando —dijo en tono acusador.

—Tendrás que disimularlo —respondió el chico chacal—. ¿Se te da bien ocultar cosas?

Luke hizo caso omiso de la pregunta. Sabía que, en realidad, el chico chacal estaba preguntando otra cosa. Pero él no estaba listo para contestar.

—Por cierto, ¿cómo te llamas? —inquirió Luke.

—¿Qué nombre quieres? —replicó el chico chacal—. Si miras los registros de la escuela, soy Scott Renault. Aquí fuera, soy Jason.

—Uno de esos nombres es falso —dijo Luke.

En algún lugar del bosque ululó un búho. Luke esperó. Finalmente, el chico chacal respondió en voz baja:

—Sí.

—Todos tus amigos también tienen nombres falsos.

—Sí —contestó el chico chacal sin dudarlo.

—Todos sois hijos terceros que habéis salido de vuestro escondite con identidades falsas —dijo Luke.

—Parias —corrigió el chico chacal.

—¿Eso es lo que significa?

—¿No lo sabías? —replicó el chico chacal—. ¿Dónde has vivido toda tu vida?

Luke decidió no responder tampoco a esa pregunta.

—Y los parásitos... —empezó a decir.

—... son terceros hijos, se escondan o no.

—¿Por qué todos en la escuela se llaman unos a otros así? — preguntó Luke—. ¿Todos aquí son parias?

En la oscuridad, Luke apenas distinguió que el chico chacal negaba con la cabeza.

—¿Es que en los otros coles a los que has ido no se llamaban parias y parásitos unos a otros? ¿En los otros sitios donde has vivido? Hay quien dice que al principio el Gobierno pagó a la gente para que usara *parásito* y *paria* como insultos. En la tele y demás. Luego prohibieron esas palabras en las emisiones públicas, lo que solo consiguió que la gente las usara aún más en privado. Querían asegurarse de que todo el mundo pensara que los terceros hijos eran algo horrible.

Luke se preguntó por qué Jen nunca le había hablado de eso.

—A lo mejor es porque nunca he ido a otros colegios —dijo con cautela.

Había dicho «a lo mejor». Aún podía negarlo todo, si quería.

El chico chacal soltó una carcajada con la boca abierta. Sus dientes brillaban a la luz de la luna.

—¿Por qué no lo dices ya claramente? ¿Por qué no lo admites? —le dijo—. Tú también eres un paria. Lo sé.

Luke esquivó la pregunta.

—¿Por qué te metes conmigo todas las noches? —soltó—. Cuando todos los demás pasan de mí...

—Es el procedimiento que hemos desarrollado para tratar con los chicos nuevos —explicó el chico chacal—. Y con las chicas nuevas, en la Escuela Harlow para Chicas. Hemos descubierto que a los niños ocultos, cuando salen por fin de su escondite, les cuesta mucho: están sobrecogidos, traumatizados. Piénsalo. Han pasado toda la vida convencidos de que ser vistos es morir, y de repente se supone que tienen que relacionarse con otros todo el día, aguantar clases llenas de críos, comportarse con normalidad. Se bloquean.

—¿Te lo hicieron a ti? —preguntó Luke, intentando imaginarse al chico chacal como el nuevo, recién salido de su escondite, asustado de todo. Pero no lo conseguía.

—¿A mí? —el chico chacal sonó sorprendido—. Claro. Fue duro. El problema es que muchos parias se ponían tan histéricos que hacían alguna burrada enorme: se levantaban y se ponían a repetir su verdadero nombre en voz alta, o se ponían a gritar: «¡No me miréis! ¡No me miréis!», ya sabes, se les iba la olla del todo. Y en Hendricks, ya de por sí, hay un montón de chicos con problemas...

—¿Ah, sí? —preguntó Luke.

—¿Es que no te has fijado? —el chico chacal sonaba alucinado—. Los chavales con autismo —los que se mecen y no te aguantan la mirada—, los fóbicos... tenemos de todo ahí dentro. ¿Has conocido a Rolly Sturgeon? Ese sí que está como una cabra. Así que a los parias se les pueden pasar por alto bastantes cosas raras en Hendricks. Pero, aun así, la Policía de Población consiguió hacer unas cuantas buenas redadas. Por eso muchos de nosotros, los parias, nos juntamos y lo planeamos todo. Cada vez que llega un chico nuevo, entramos en modo emergencia hasta saber si es un paria o no. Observamos. Nos protegemos.

Luke recordó las manos que lo sentaron de golpe el primer día, en su primera clase.

—Pero lo hacemos todo en secreto —continuó el chico chacal—. Le dejamos espacio al paria para que respire. Y elegimos a una sola persona para que se acerque a él. Para que sea su amigo.

Luke recordó las veces en que tuvo que repetir «*Soy un parásito*» cincuenta veces, cuando lo obligaban a hacer flexiones mientras los demás se reían, cuando tenía que obedecer una por una todas las órdenes burlonas del chico chacal.

—Se supone que los amigos te tratan bien dijo —dijo Luke con amargura—. Quizás esa sea otra palabra que tampoco entiendo.

—Ser demasiado amable con un paria desde el principio solo trae problemas —le contestó el chico chacal—. Se hunden. Se echan a llorar. Están tan contentos de encontrar a alguien que les escuche que lo largan todo, sin pensar quién más puede oírles. No, los parias necesitan un amigo que los endurezca. Como he hecho yo contigo.

¿De verdad era eso lo que había pasado? Luke se sentía tan abrumado y confundido como el primer día en Hendricks. Escuchar al chico chacal era como escuchar a Jen: ambos sonaban tan seguros de sí mismos que a Luke le costaba saber qué pensaba él por sí mismo.

—¿Y cómo sabéis si un chico nuevo es un paria o no? —preguntó Luke, para ganar tiempo.

—Les hacemos una prueba —respondió el chico chacal—. Cuando están listos, les dejamos una puerta abierta y nos aseguramos de que la vean. Les sostenemos la mirada... Sabemos exactamente cómo reaccionaría un paria, comparado con un agorafóbico o con un autista típico.

—Lo tienes todo controlado, ¿eh? —dijo Luke.

—Claro —respondió el chico chacal—. Lo notas, ¿verdad?

Luke no fue capaz de contestar. Volvía a sentir pánico. En cualquier momento iba a tener que tomar una decisión. Con Jen había sido fácil: había confiado en ella desde el primer minuto. Pero ahora era mayor y más desconfiado. Sabía que a Jen la habían traicionado.

Y que a él le podían hacer lo mismo.

—Así que me hicisteis la prueba habitual —dijo tentativamente—. ¿La pasé?

—Depende de lo que entiendas por pasarla —respondió el chico chacal.

Sonaba más reservado, como si ya no tuviera claro en qué bando estaba Luke.

Luke se había quedado sin preguntas. O, mejor dicho, tenía muchas, pero ninguna de ellas le ayudaría a decidir si debía confiarle su secreto al chico chacal y a sus amigos. Sería estupendo poder contarlo todo. Pero, ¿merecía la pena jugarse la vida por ello?

¿Y si ya se la había jugado al seguirlos hasta el bosque?

No le gustaba pensar así. De pronto echó muchísimo de menos a Jen. Ella siempre conseguía hacer que Luke se riera de sus miedos.

—¿Llegaste a conocer a Jen? — preguntó de golpe al chico chacal.

—¿Jen? —repitió él, y de pronto la voz se le llenó de entusiasmo—. ¿Jen Talbot? ¿Tú también la conocías?

Luke asintió.

—Era mi... eh... vecina. Iba a su casa siempre que podía.

—Guau —exclamó el chico chacal—. ¡Ven!

Cogió a Luke por el brazo y lo arrastró de vuelta al bosque, sin dejar de decir, maravillado:

—No me lo creo, de verdad. Que la conocieras. En persona. Es increíble. Es una leyenda, ¿sabes?

Las ramas bajas ya no parecían tan amenazadoras. Luke y el chico chacal solo tenían que agacharse. Juntos. Un par de veces el chico chacal sostuvo una rama para que Luke pasara primero. Un par de veces Luke le devolvió el gesto. El chico chacal seguía apremiándolo para que corriera más. Salieron de nuevo al claro, donde los demás seguían sentados en silencio. Parecía que no tenían nada que hacer más que esperar al chico chacal.

—¡Escuchad todos! —anunció el chico chacal—. ¡Es alucinante! ¡Conocía a Jen! ¡Iba a su casa y todo!

Se desató un aluvión de preguntas:

—¿Cómo era?

—¿Te habló de la manifestación?

—¿Cómo la conociste?

Alguien sacó una bolsa de galletas y la fueron pasando de mano en mano, como si aquello fuera una fiesta.

Era una fiesta. Una fiesta en la que estaban aceptando a Luke en el grupo. Solo porque conocía a Jen.

Luke hizo lo posible por responder a todas las preguntas.

—Jen era... increíble —dijo—. No le tenía miedo a nada. Ni a la Policía de Población, ni al Gobierno, ni a nadie. Ni siquiera a sus padres.

Luke pensó en lo extraño que era que el padre de Jen trabajara para la Policía de Población. El señor Talbot era como un agente doble: en vez de matar a los terceros hijos, intentaba ayudarlos. Pero ni siquiera él había podido evitar la muerte de su propia hija. Apenas había logrado que la Policía de Población no descubriera que ella había sido su hija.

Luke no quería hablar de la muerte de Jen, solo de su vida.

—Pasó meses planeando la manifestación —dijo—. Era su forma de decir: «Merezco existir. Merecemos existir». Quería que asistieran tantos terceros hijos como fuera posible. Que salieran de su escondite. Pensaba que el Gobierno tendría que escuchar. Se llevó a todo el mundo hasta las escaleras de la casa del presidente...

Luke recordó la discusión que habían tenido cuando él se negó a ir. Y cómo ella lo había perdonado. Se quedó callado, ahogado por la pena.

—El Gobierno mató a todos los que fueron a la manifestación —terminó Nina por él.

Luke asintió sin ver nada. No podía seguir fingiendo que Jen no estaba muerta. Con voz entrecortada, dijo:

—Fue una verdadera heroína. Era la persona más valiente que conoceré jamás. Y algún día..., algún día todo el mundo sabrá quién fue.

Los demás asintieron solemnemente. *Saben cómo me siento,* pensó Luke, maravillado. Y entonces, a pesar de su dolor, lo inundó un pequeño instante de alegría: *soy uno de ellos, formo parte del grupo.*

Después de eso, de alguna manera, fue capaz de contar historias alegres sobre Jen. Hizo reír a todo el mundo cuando describió cómo Jen se había puesto a buscar sus huellas dactilares la primera vez que fue a su casa.

—Quería asegurarse de que yo era... —Luke dudó. Había estado a punto de decir «otro niño oculto, como ella». Pero no quería revelar así su secreto, soltándolo como si no significara nada. Acabó rematando, sin mucha convicción—: Quería asegurarse de que yo era quien decía ser.

—Bueno —dijo el chico chacal, apoyado en un árbol—. ¿Quién eres, de todos modos? ¿Cuál es tu verdadero nombre, «Lee»?

Luke miró el círculo de caras que lo rodeaban. La pregunta del chico chacal había cortado las risas en seco. O quizá había sido su propio tartamudeo. Ahora todos lo observaban, expectantes. En algún lugar, más dentro del bosque, ululó un búho, y sonó casi como una señal. *Por fin. Había llegado el momento de decirlo.*

—L... —comenzó a decir. Pero la palabra se le quedó clavada en la garganta. Todas aquellas noches susurrando su nombre, todas aquellas veces deseando poder decirlo en voz alta... y ahora no le salía.

Unas migas secas de galleta se le fueron hacia atrás en la lengua y empezó a toser, a atragantarse. Uno de los otros chicos tuvo que darle unas palmadas en la espalda hasta que recuperó el aliento.

—Lee Grant —dijo Luke en cuanto pudo hablar otra vez.

Las ganas de confesarse se habían esfumado.

—Me llamo Lee Grant.

—Claro —dijo en tono burlón el chico chacal—. Lo que tú digas.

Entonces Luke se sintió ridículo. El chico chacal sí había dicho su nombre de verdad. ¿Por qué no podía hacer él lo mismo?

Porque —pensó Luke, con un escalofrío— *no he sido yo quien ha decidido formar parte de este grupo. Ha sido el chico chacal quien lo ha decidido por mí.*

Capítulo 22

Pertenecer al grupo del chico chacal lo cambió todo. Empezó aquella misma noche. Luke no tuvo que volver del bosque a escondidas, rezando para que nadie lo viera. Volvió con los demás, como parte del grupo. Caminaban por el pasillo con aire chulesco, sin molestarse en guardar silencio.

—¿Y si alguien nos oye? —se atrevió a preguntar Luke.

—¿Y qué? —respondió el chico chacal—. El adoctrinamiento ya casi ha terminado. Si hay algún profesor por ahí, pensará que salimos antes para cubrir nuestros puestos de vigilantes de pasillo.

Ahora estaban en una zona más iluminada del pasillo. El chico chacal pudo ver bien la cara de Luke y soltó un silbido.

—Vaya, sí que te has puesto perdido de sangre. Vamos, te llevo a la enfermería.

El chico chacal condujo a Luke hasta una oficina que le resultaba desconocida, una que solo había visto una vez, cuando buscaba ventanas.

—Mi amigo se ha dado un golpe contra la pared al salir de adoctrinamiento —le dijo el chico chacal a la mujer que abrió la puerta—. Tonto, ¿eh? ¿Podrías ponerle una venda?

—Ay, ay, estos chicos... —se lamentó la mujer—. Nunca miráis por dónde vais.

Era mayor y tenía muchas arrugas, igual que las abuelas de las fotos que Luke había visto alguna vez. Se movía despacio, trasteando entre frascos de antiséptico, gasas y cinta adhesiva. Luego le pasó un paño húmedo por la mejilla.

—Tienes una rozadura bastante fea. ¿Con qué pared te has dado, cariño?

El chico chacal le ahorró a Luke la respuesta.

—Ah, no ha sido la pared la que le ha dejado así —explicó—. Chocó contra ella, se cayó al suelo y se raspó la cara con la moqueta. A lo mejor alguien también le dio una patada sin querer.

Después de escuchar una excusa así, la madre de Luke habría dicho: «Vale. Y ahora dime qué ha pasado en verdad». Pero aquella mujer solo asintió, chasqueó la lengua un par de veces y siguió a lo suyo.

El antiséptico escocía, y Luke tuvo que morderse el labio para no soltar un grito. Pero la mujer era rápida, y cuando se quiso dar cuenta ya tenía la cara bien vendada.

—Apunta tu nombre y la hora en el registro antes de salir —le indicó—. Y la próxima vez, ten más cuidado, ¿de acuerdo?

El chico chacal escribió el nombre de Luke por él.

De vuelta en la habitación, el chico chacal se estiró, bostezó y anunció:

—Esta noche no me apetece encargarme del nuevo. Vamos a dejarlo en paz, ¿vale, chicos? Total, ya empieza a aburrir.

A Luke le dio la impresión de que algunos de sus compañeros de habitación parecían decepcionados, pero nadie se quejó.

Por la mañana, el chico chacal dijo:

—Puedes desayunar con nosotros. Tenemos nuestra propia mesa. Privilegios de vigilantes de pasillo.

—Pero yo no soy vigilante de pasillo —protestó Luke.

—Los profesores ni se van a fijar —dijo el chico chacal—. Y a lo mejor lo eres dentro de poco.

Así que Luke se sentó a la mesa con los demás chicos. Por una vez, no tuvo que obligarse a tragar la papilla de avena. Prácticamente le sabía bien. Y, por primera vez, pudo echar un buen vistazo al comedor sin sentir que tenía que mirar rápido y a escondidas. Con las paredes blancas y limpias y el techo **alto e inclinado**, en realidad no era un sitio tan malo.

—¿Puedo hacerte algunas preguntas? —le preguntó Luke al chico chacal—. Aquí, quiero decir.

—Mientras no te pongas a hacer de paria de verdad... —respondió el chico chacal, brusco, como si de verdad le estuviera soltando un insulto. Pero Luke captó el doble sentido. Era un código genial.

—¿Por qué es así esta escuela? —empezó Luke—. Quiero decir, sin ventanas, con chicos tan raros... y con profesores que parecen no vernos a menos que hagamos algo mal. Y, aun así, solo dicen: «Dos amonestaciones». Ni siquiera sé qué significa eso.

El chico chacal apartó su plato de avena y sonrió con aire pícaro.

—Confuso, ¿eh? —se burló. Pero aun así empezó a explicarle—. Hendricks empezó como un experimento educativo. En la época de las hambrunas, la gente discutía sobre si los indeseables de la sociedad se merecían comida cuando había tanta gente muriendo de hambre. Dejaron morir a todos los criminales, pero un montón de almas caritativas y tipos compasivos dijeron que era cruel no dar de comer a personas con enfermedades mentales, discapacidades físicas, ese tipo de cosas. Un hombre dio un paso al frente y ofreció la finca de su familia para crear dos escuelas para niños con problemas. Hendricks para ellos y Harlow para ellas. Dijo que también se encargaría de alimentarlos. Ya ves qué bien le ha salido. —El chico chacal hizo una mueca mirando la papilla de avena—. Construyeron las escuelas sin ventanas porque al señor Hendricks se le ocurrió que los chicos con agorafobia —los que tienen miedo a los espacios abiertos— estarían mejor sin ver el exterior. Pensaba que así dejarían de echar de menos algo que no veían. También creía que las ventanas solo servirían para sobreestimular a los chicos autistas. Pero, además, le parecía buena idea meter algunos chicos normales que sirvieran de modelo para los demás.

Pensó en lo distinto que se ponía el chico chacal cuando explicaba algo, comparado con cómo había sido siempre Jen. Jen estaba siempre indignada, encendida por cada pequeña injusticia. Podía oír su voz, subiendo de tono, cargada de ira: «¿Te lo puedes creer? ¿No es horrible?».

El chico chacal, en cambio, sonaba discretamente divertido, como si estuviera por encima del bien y el mal. *Qué pena. Pobres chicos. Y qué más da.*

Luke tragó otro bocado de papilla de avena llena de grumos.

—¿Y los profesores? —insistió—. ¿Por qué no están más... eh...?

—¿Implicados? ¿Atentos? ¿Medianamente inteligentes? —sugirió el chico chacal.

—Eso. Todos los adultos. Por ejemplo, la enfermera de anoche tampoco parecía muy lista. Y la... como se llame, la de la recepción, cuando estuve allí el primer día, era como si todos los alumnos le resultáramos un estorbo.

—Piénsalo —dijo el chico chacal—. Si fueras adulto y pudieras conseguir trabajo en cualquier otro sitio,

¿trabajarías aquí? Nos ha tocado la escoria, tío, lo peor de lo peor.

Luke no sabía nada de trabajos de adulto. Nunca había imaginado siquiera que podría salir de su escondite para tener uno.

Al chico chacal se le volvió a dibujar una sonrisilla.

—Pero nos viene de perlas que los profes estén solo un peldaño por encima de los catetos. Así podemos hacer casi todo lo que nos da la gana. ¿Lo pillas?

Miró alrededor, hacia el resto del grupo, los vigilantes de pasillo, y vio que todos sonreían con la misma expresión.

Luke estuvo a punto de protestar por esa palabra, **«cateto»**. Ser del campo no te hacía tonto. ¿O sí?

Había otra cosa que también le molestaba.

—Pero yo quería aprender un montón en Hendricks —dijo—. Matemáticas y ciencias, y a hablar otros idiomas... Llevo un mes aquí y no he aprendido nada. Ni siquiera sé si estoy yendo a las clases que me corresponden. Yo quería... —Se calló en el último momento, al acordarse de que no podía mencionar que era un paria. No podía decir que quería aprender todo lo posible para ayudar a que los terceros hijos fueran legales otra vez.

El chico chacal se echó a reír de todas formas.

—Ah, claro, todos estamos aquí para aprender —dijo, poniendo los ojos en blanco. Sus amigos se rieron también—. Tú pégate a mí y listo. Así es como se aprende lo que de verdad importa. Olvídate de las clases. Y si te preocupan las notas... ¿no crees que también sé cómo apañar eso? ¿Cómo te crees que todos hemos acabado en el cuadro de honor?

Luke no lo sabía. Ni siquiera tenía muy claro qué era exactamente el cuadro de honor.

Pero cuando sonó el timbre de la primera clase, salió del comedor con el chico chacal y su panda. Ahora se sentía seguro, moviéndose en manada. Todos los vigilantes de pasillo con los que se cruzaban le lanzaban miradas cómplices, con leves asentimientos que nadie más habría notado.

Y cuando dudaba delante de alguna puerta, el chico chacal se apresuraba a decirle adónde tenía que ir.

Capítulo 23

Luke ya no volvía solo a su huerto. Pero dos o tres veces por semana, el chico chacal se inclinaba hacia él y le susurraba al oído:

—Esta noche.

Y a Luke le daba un vuelco el corazón. «Esta noche» significaba «Vamos al bosque. Vamos a reunirnos con las chicas».

Cada vez que ponía un pie fuera, Luke inspiraba hondo, como un muerto de hambre que por fin puede abalanzarse sobre un plato de comida. Pero se fijó en que la mayoría de los otros, tan valientes e imponentes dentro del edificio, al aire libre se encogían de miedo. Cerraban los ojos con fuerza y avanzaban a pasitos cortos, como condenados camino de su ejecución.

—No te gusta mucho estar al aire libre, ¿verdad? —le preguntó Luke a Trey en una ocasión, mientras cruzaban el césped hacia el bosque.

Trey negó despacio, como si moverse demasiado rápido pudiera hacerle vomitar. Ya tenía un aspecto un poco verdoso.

—Se está mejor en el bosque —dijo entre dientes—. Al menos allí estamos protegidos.

—Pero... —Luke respiró hondo otra vez, saboreando el olor de la hierba recién cortada y a lluvia de primavera. No lograba entender a Trey—. ¿No odias estar encerrado todo el tiempo?

Trey lo miró de reojo.

—Me pasé trece años en la misma habitación. Nunca puse un pie fuera hasta que llegué aquí.

—Oh —dijo Luke.

De pronto se dio cuenta de que, para ser un tercer hijo, él había tenido mucha suerte. Antes de que el Gobierno talara el bosque detrás de su casa y levantara allí un barrio nuevo, se había pasado casi todo el tiempo al aire libre. Salvo porque no iba al colegio, no había llevado una vida tan distinta a la de sus hermanos mayores.

No podía ni imaginarse trece años enteros en la misma habitación.

—Jen iba de compras con pases falsos —le contó a Trey—. Su madre la llevaba a grupos de juego. Yo pensaba que los otros terceros hijos vivían como ella.

—No tengo ni idea —dijo Trey—. Yo... yo habría querido... —vaciló—. Echo de menos mi habitación.

Luke sintió pena por él. ¿Cuántos de sus nuevos amigos habrían pasado prácticamente toda su vida metidos en una caja?

Miró al chico chacal, que corría por delante y luego daba la vuelta para animar a los otros.

—Chac... quiero decir, Jason debe de haber sido como Jen —dijo Luke—. Seguro que salía mucho. Parece que no le tiene miedo a nada.

—No —dijo Trey—. No tiene miedo. Dice que ha superado todas sus fobias relacionadas con vivir escondido. Y solo lleva aquí unas semanas más que tú.

—¿En serio? —preguntó Luke, sorprendido.

Siempre había supuesto que el chico chacal era de los veteranos, que llevaba años en Hendricks.

—El resto llegamos el otoño pasado —siguió Trey—. Creo. Antes de que llegara Jason casi nadie hablaba.

Antes de poder encajar aquello, Luke tuvo que recordarse otra vez que «Jason» era, en realidad, el chico chacal. No era raro que al principio se hubiera hecho un lío: los chicos —al menos los que iban ahora con él— se manejaban con tres o cuatro nombres distintos. En el colegio respondían a la primera o la última parte de su nombre falso, y en el bosque usaban la primera o la última parte de su nombre verdadero. Eso era más arriesgado. Unos cuantos tiraban solo de iniciales.

Trey le había explicado que su propio nombre solo significaba **tres**. Ni siquiera al chico chacal le había dicho cómo se llamaba de verdad.

Llegaron al bosque y, por fin, lo que Trey había dicho terminó de encajarle.

—Un momento —dijo Luke—. ¿Quieres decir que no erais amigos antes de que llegara Jason? ¿Que no lleváis reuniéndoos en el bosque desde siempre?

Trey lo miró desconcertado.

—Solo desde abril —dijo.

A Luke la cabeza le empezó a ir a toda velocidad.

—La manifestación fue en abril —dijo.

—Ya —respondió Trey, encogiéndose de hombros.

Las chicas llegaron en ese momento y arrancaron con el mismo tipo de charla que Luke había oído la primera noche. Solo que ahora ya no le sonaba como si todos fueran tan expertos y sofisticados, sino como si estuvieran recitando un guion, fingiendo hablar entre ellos como hablarían chicos y chicas «normales». Nina hacía chistes sobre lo tontos que eran los chicos y Jason se metía con las chicas. Luke se fijó en las caras de los que se quedaban callados. Todos parecían asustados.

—¿Y esta reunión para qué es? —preguntó Luke de pronto.

Jason se volvió hacia él, sorprendido.

—Pues... estamos buscando maneras de plantarle cara al Gobierno por lo de la Ley de Población. Para darle continuidad a lo de la manifestación.

—La manifestación —repitió Nina con nostalgia.

A Luke se le aceleró el corazón. ¡Eso era justo lo que él había querido! Quería hacer algo valiente, como Jen. Sería como pedirle perdón por no haber ido con ella, por haber dudado de ella.

Pero ¿podría ser tan valiente como Jen?

Pero sin morirse también.

—¿Cómo? —insistió—. ¿Cómo vamos a resistir?

Nina y Jason se miraron.

—Bueno, justo eso es lo que estamos decidiendo —dijo Nina—. Tenía que ser un chico el que preguntara tonterías.

Pero aquella noche no decidieron nada. Siguieron bromeando, se pusieron a jugar a adivinar el nombre verdadero de uno de los chicos y, al final, emprendieron el camino de vuelta a sus escuelas.

Jason apartó a Luke del resto cuando estaban a punto de volver a entrar en el edificio.

—No todos están tan preparados como tú —dijo—. Tienes que darles tiempo a los demás. Mientras se queden temblando cada vez que ponen un pie fuera, nunca llegarán a ser buenos subversivos.

A Luke le halagó el comentario. Le pareció que tenía sentido.

—Vale —dijo.

Jason le dio un puñetazo amistoso en el brazo.

—Sabía que lo entenderías. Oye, ¿estás listo para los exámenes finales?

—¿Exámenes finales? —repitió Luke.

—Sí, ya sabes, la semana que viene. Exámenes de fin de trimestre —dijo Jason—. Si apruebas, sales de aquí; si suspendes, te quedas atrapado para siempre.

Luke se quedó clavado en el sitio.

—¡Qué dices! —exclamó aterrado.

Jason se echó a reír.

—Te he asustado, ¿eh? Recuerda: mientras sigas a mi lado, me encargaré de que tus «padres» vean un boletín de notas brillante.

—¡Si ni siquiera estoy yendo a las clases que me tocan! —dijo Luke, sintiendo cómo el pánico le recorría todo el cuerpo—. Y ahora ya no puedo preguntarle a nadie. Ha pasado demasiado tiempo...

—¡Yo lo averiguaré por ti! —contestó Jason, riendo de nuevo. Ya iba por la mitad del pasillo.

Capítulo 24

Jason cumplió su palabra. A la mañana siguiente, durante el desayuno, le entregó a Luke una copia impresa en la que se leía, en la parte superior: «HORARIO DE CLASES DE LEE GRANT». En ella figuraban los horarios, los números de las aulas, los nombres de los profesores.

—¿De dónde has sacado esto? —preguntó Luke.

—¿Crees que tu única amiga hacker está muerta? —respondió Jason.

Se refería a Jen. De repente Luke la echó de menos con todas sus fuerzas; la imaginó sentada delante del ordenador, tecleando sin parar. Había montado una sala de chat para terceros hijos, con la contraseña LIBRE. Había conectado a cientos de chicos para que no se quedaran en sus cuartos totalmente solos. Incluso había entrado en los archivos de la policía nacional para intentar que ninguno de los que iban a la manifestación fuera detenido antes de llegar a la capital.

Pero ¿de qué había servido todo ese hackeo?

—Tierra llamando a Lee —dijo Jason—. O como quiera que te llames. Para que lo sepas: tu horario no importa. Puedo modificar todas tus notas en el ordenador cuando me dé la gana.

Pero después del desayuno, Luke se plantó en su primera clase decidido, escuchó con atención y tomó apuntes detallados. Al final de la hora había descubierto algo que no había sabido nunca: los números primos solo se podían dividir por sí mismos y por uno.

En la segunda clase se atrevió a coger un libro de texto de la estantería y leyó el poema cuya página la profesora había escrito en la pizarra. Incluso consiguió entender aquel lenguaje tan rimbombante: dos personas eran amigas, una moría y la otra se quedaba triste.

Luke pensó que ahí tenía ventaja sobre los demás. Eso lo entendía demasiado bien.

En Ciencias y tecnología, el profesor hablaba de motores de gasolina. Luke podía imaginarlos perfectamente, llenos de grasa, en el tractor de papá. Y ahora sabía cómo funcionaban.

A la hora de comer, Luke estaba deseando presumir delante de Jason:

—Ahora sí que estoy aprendiendo algo. —Hasta se sintió con fuerzas para bromear—: Igual ni siquiera voy a necesitar tu ayuda con mis notas.

—¿Vas a aprenderte todo un trimestre en solo una semana? —se burló el chico chacal—. Claro. Ya verás: el viernes que viene, a las cinco, vendrás suplicando: «Por favor, por favor, necesito ayuda. ¡Haré lo que sea!».

Luke se limitó a apretar la mandíbula y sacar un libro para ponerse a estudiar.

Capítulo 25

Para cuando terminó la semana, todos los profesores tenían las fechas de los exámenes apuntadas con tiza en la pizarra. Y Luke aprovechaba cualquier rato libre para estudiar.

—¿Para qué? —le preguntó Trey una noche, mientras avanzaban con dificultad hacia el bosque—. Jason puede apañarte las notas. Y tampoco es que tus padres de verdad las vayan a ver.

—Cuando estabas encerrado en tu habitación —dijo Luke—, ¿nunca te entraron ganas de saber nada del mundo de fuera? ¿Si la gente era como tú, o distinta, o si la hierba crece igual en todas partes, o cómo funciona un coche?

—La verdad es que no —dijo Trey.

Luke lamentó no saber explicarse mejor. No eran las notas en sí lo que le importaba. Pero sentía que tenía algo que demostrar. Quizá que la gente de campo —los catetos— no era tan tonta, después de todo. Quizá que el padre de Jen no se había jugado la vida en vano al conseguirle una identidad falsa. Quizá que él no estaba desperdiciando el tiempo yendo al bosque a hacer chistes con las chicas de Harlow mientras otros terceros hijos seguían obligados a esconderse.

A Luke le sorprendía que, a medida que pasaban los días, las clases empezaran a tener sentido. Los profesores no eran tan malos, en realidad; solo eran distantes. El de historia, el señor Dirk, sabía contar historias fascinantes sobre reyes, caballeros y batallas, y además eran historias reales. La de literatura podía recitar poemas enteros de memoria. Luke no siempre entendía todas las palabras, pero le gustaba el ritmo y la rima. El profesor de matemáticas dijo una vez: «¿No son simpáticos los números?», y parecía creerlo de verdad. Luke se preguntó si los profesores también serían tímidos, si tendrían alguna de esas fobias de las que hablaban Trey y Jason, y en el fondo les diera pánico mirar a sus alumnos directamente a los ojos.

La noche antes de su primer examen, Luke estudió durante la cena y se saltó la salida al bosque con los demás durante el adoctrinamiento para quedarse encorvado en un pasillo, leyendo historia. Jason se burló de él:

—¿Qué pretendes, empollón? ¿Aprenderte tantas palabras raras como Trey? —Y añadió—: Puedes pasarte la noche leyendo y aun así suspender todos tus exámenes. Anda, vamos.

—Déjame en paz —gruñó Luke, deseando volver a la guerra de Troya.

A Luke le sorprendió que Jason diera un paso atrás en lugar de insistir.

—Muy bien —dijo—. Malgasta el tiempo, si quieres. Como si me importara.

Las palabras sonaban al fanfarrón de siempre, al Jason que Luke conocía. Pero el tono decía otra cosa. También la rigidez de sus hombros cuando se alejó. Parecía en guardia, nervioso.

¿Podía ser que Jason le tuviera miedo?

Luke no era nadie. Jason era el que mandaba. Al final decidió que solo se estaba sugestionando y volvió a su libro.

Aun así, cuando apagaron las luces no consiguió dormirse. Estaba demasiado inquieto: preocupado por el examen del día siguiente, pensando en qué estaría haciendo su familia en casa, deseando que Jen estuviera allí para ayudarle a entender a Jason. Incluso se acordó del consejo que el padre de Jen le había escrito: «Mimetízate».

¿Con quién se suponía que tenía que mimetizarse? ¿Con los chicos que arrastraban los pies por los pasillos sin mirar a ninguna parte? ¿Con los que seguían a Jason? ¿O con el propio Jason?

En algún lugar de la habitación, una cama crujió.

Luke pensó que sería solo alguien dándose la vuelta dormido, pero aun así se puso tenso y aguzó el oído.

Se oyó un *tac tac tac* que podían ser pasos. O podía ser cosa de su imaginación. Y luego la luz del pasillo se coló un segundo en la habitación cuando la puerta se abrió y volvió a cerrarse.

Luke se incorporó. Se acercó a la puerta y la entreabrió para tener algo de luz.

Todas las camas estaban ocupadas por chicos dormidos, salvo dos.

La de Luke.

Y la de Jason.

Capítulo 26

Luke se tomó un momento para coger uno de sus libros de texto, por si necesitaba una excusa si lo pillaban fuera de la habitación después de apagar las luces. Siempre podía decir: «*Solo quería estudiar un poco más. Me preocupan los exámenes*».

Pero la única persona que podía pillarlo era Jason.

Ya en el pasillo, en penumbra, Luke miró a un lado y a otro, sin estar seguro de hacia dónde ir. Probablemente Jason solo había salido para ir al baño, y él estaba haciendo el tonto siguiéndolo. Se dirigió a los lavabos primero.

¿Por qué no se me ocurrió ir al baño después de que se apagaran las luces, cuando intentaba encontrar un lugar donde leer la nota?, se preguntó. Pero por aquel entonces, Luke estaba demasiado aterrorizado para pensar en eso. No se habría atrevido a salir de su cama. De hecho, se había mimetizado bastante bien. *Y si hubiera leído la nota enseguida, no habría descubierto la puerta que da al exterior ni el bosque. No habría tenido esos pocos días para montar mi huerto.* Todavía echaba de menos su huerto. Intentó no pensar en ello. *Y nunca habría llegado a conocer a nadie.*

Pero ¿hasta qué punto conocía de verdad a sus nuevos amigos? La única amiga que había tenido antes era Jen, y aquella amistad no se parecía en nada a esto.

No era justo comparar.

Avanzó en silencio por el pasillo, sintiéndose un poco ridículo. Claro que Jason estaría en el baño, y lo único que tendría para él serían burlas y comentarios groseros. Algo como: «*¿Ni para ir a mear puedes separarte de tus* *libros, eh?*», o incluso: «*Eh, cateto, aquí tenemos papel higiénico y de todo. No vas a necesitar eso*».

El baño estaba vacío.

Luke desanduvo el camino y se asomó otra vez a su habitación. La cama de Jason seguía vacía. Echó a andar entonces en la dirección contraria al baño. Al fondo de ese pasillo solo estaban las escaleras de servicio.

Quizá ya no tenía sentido seguir buscándolo. ¿Qué pensaba hacer si lo encontraba? Pero estaba tan desvelado ya que decidió que, por lo menos, podía estudiar. Se le empezaban a mezclar en la cabeza los detalles de la guerra de Troya y la del Peloponeso.

Se dirigió a la escalera y se sentó en el primer escalón. Se recostó contra la pared, abrió su libro y comenzó a leer. «Los griegos libraron batallas por...».

Más abajo, al pie de la escalera, alguien murmuraba algo.

Luke se quedó quieto un momento, tentado de hacer como que no había oído nada. Probablemente era Jason, pero ¿qué más daba? Si estaba teniendo una reunión secreta sin él, ¿por qué habría de preocuparse? Total, la panda de Jason nunca planeaba nada de verdad.

Pero a Luke sí le importaba. Si la pandilla de Jason iba a ayudar a los terceros hijos, sentía qué él también debía participar: se lo debía a sí mismo, a su familia, a Jen y al padre de Jen.

Bajó un escalón con cuidado. Luego otro. Y otro más. Seguía sujetando el libro porque no quería hacer ruido al dejarlo en el suelo. Aunque, por otra parte, se preguntó si no sería mejor hacer algo de ruido, comportarse como si todo fuera normal y presentarse en la reunión secreta con naturalidad: *Oh, hola, chicos, no sabía que estabais aquí. ¿Necesitáis ayuda?*

Pero no había nada normal en andar dando vueltas por Hendricks en mitad de la noche. Luke decidió mantenerse en silencio.

Al girar la esquina del segundo tramo de escaleras, empezó a distinguir las palabras. Solo hablaba una persona: Jason. Nada nuevo. Luke se agachó detrás del murete que rodeaba la escalera y afinó el oído.

—¡Pero es demasiado pronto! —suplicaba Jason.

Luke se atrevió a asomarse por encima de la barandilla. Quizá Trey estuviera allí y dijera: *Eh, Lee, menos mal que has venido, justo estaba esperando que aparecieras.*

Pero Jason parecía estar solo.

Hablaba por un teléfono pequeño, de esos portátiles. Al menos, eso creyó Luke; nunca había visto uno de verdad, solo dibujos en su libro de ciencias.

Como Jason estaba de espaldas, Luke se quedó donde estaba, mirando y escuchando.

—Se lo dije. ¡No hay ningún peligro en esperar! —exclamó Jason—. ¡Ahora mismo son un blanco fácil!

Jason se quedó callado, escuchando. Giró un poco y Luke alcanzó a verle el perfil. Tenía el gesto duro, completamente serio. Luke recordó todas las veces que lo había visto bromeando, pinchando, riéndose de todo el mundo. Nunca habría imaginado que Jason pudiera ponerse realmente serio con nada. Parecía otra persona.

Asustado, Luke se agachó otra vez, fuera de su vista.

—Yo tengo a cuatro y ella tiene a dos —dijo Jason—. Pero podría tener a más antes de que acabe la semana.

¿Cuatro y dos y más de qué?, se preguntó Luke.

—Bueno, de Nina no sé —añadió Jason—. Tendrá que preguntarle a ella. Pero dice que a las chicas cuesta más reclutarlas.

Chicas. Luke pensó que había resuelto el enigma. Jason estaba preparando alguna acción contra el Gobierno, algo parecido a la manifestación, pero más seguro, esperaba Luke. Le estaba diciendo a alguien cuántos chicos y chicas —cuántos parias— tenía disponibles para ayudar. Solo que... ahora en el grupo del bosque eran nueve chicos, contando con Luke, y cinco chicas.

¿No le había dicho Jason una vez que el grupo entero todavía no era lo bastante valiente para ser subversivo? Luke se preguntó con quiénes estaba contando Jason y con quiénes no. Trey era bastante asustadizo. Y varios de los otros también.

¿Y él? ¿Y si Jason no estaba contando con él porque no había acudido a la reunión en el bosque aquella tarde? ¿O porque sabía en su fuero interno que él era el más cobarde de todos?

Luke empezó a incorporarse, dispuesto a decir: «Eh, espera. ¡Puedes contar conmigo!». Le temblaban las piernas, pero podía reunir la valentía necesaria. Tenía que hacerlo.

Jason volvía a darle la espalda a Luke. Ahora casi le gruñía al teléfono.

—¿Quiere nombres? Vale, le daré los que tengo. Antonio Blanco, alias Samuel Irving. Denton Weathers, alias Travis Spencer. Sherman Kymanski, alias Ryan Mann. Patrick Kerrigan, alias Tyrone Janson.

Jason estaba diciendo los nombres verdaderos de los chicos. Luke se sintió tan emocionado que ni siquiera pudo hablar. *Si al menos le hubiera dicho a Jason mi nombre de verdad.* Casi podía oír la frase: «Luke Garner, subversivo por la causa, acudiendo en ayuda de terceros hijos de todas partes». *Que se olvidara del alias. Daba igual.*

Jason cambió de mano su teléfono móvil y a Luke se le cruzó de pronto un pensamiento horrible. ¿Y si el teléfono de Jason estaba pinchado? Enseguida cayó en algo aún peor: al ser un teléfono móvil, la Policía de Población ni siquiera necesitaba pincharlo. Justo la semana anterior, en clase de Ciencia y tecnología, había aprendido que los teléfonos portátiles transmitían la señal por ondas, y que cualquiera con el equipo adecuado podía interceptarla. ¿Es que Jason no lo sabía? La Policía de Población solo necesitaba un receptor.

Y, por supuesto, tenían uno. Lo tenían todo.

Luke salió disparado de su escondite y bajó el último tramo de escaleras de dos zancadas. Tenía que quitarle el teléfono a Jason antes de que, sin querer, delatara la identidad de otro chico. Jason seguía de espaldas a Luke. Estaba diciendo al teléfono, indignado:

—Claro que conseguiré que los demás me digan sus nombres de verdad. Solo son un poco desconfiados. Pero en el fondo se fían de mí. No tienen ni idea de que trabajo para la Policía de Población.

Capítulo 27

Luke tenía la mano a pocos centímetros del teléfono cuando, por fin, registró las palabras de Jason: «... trabajo para la Policía de Población». La mano y el brazo de Luke siguieron adelante aunque, por dentro, él se quedara helado de golpe. Miró su propia mano como si fuera de otro. Los dedos se cerraron sobre el teléfono, se lo arrancaron a Jason y lo lanzaron al suelo. Luego un pie —no, *su* pie, tan independiente como su mano— lo aplastó.

Jason se volvió en redondo.

—¡Tú! —espetó.

Poco a poco, la cabeza de Luke empezó a reaccionar. Las piezas del puzle empezaban a encajar. Jason trabajaba para la Policía de Población. Por eso no le preocupaba usar un teléfono móvil. No estaba organizando nada subversivo contra el Gobierno. Estaba entregando a los parias.

—Eres un soplón —susurró.

Los ojos de Jason se entornaron, calculadores. Luke entendió al instante que había metido la pata. ¿Por qué no se había hecho el tonto? Podría haber fingido que no había oído la última frase de Jason. Podría haberse hecho el ofendido porque lo dejaba fuera. Podría haberle pedido, casi rogando, que le diera alguna misión peligrosa.

No habría sido tan difícil hacerse el tonto. Hasta hacía dos segundos, lo había sido.

—Mira, Lee... —dijo Jason con cautela. Parecía estar decidiendo cómo jugar aquella mano. ¿Le soltaría un: «Anda, no digas tonterías. ¿Qué te hace pensar eso? ¿Por qué iba a delatar a nadie si yo también soy un paria?». ¿O un: «Así que sabes la verdad. Pues ya está. Estás muerto»?

Jason dio un paso hacia Luke. Luke aferró su libro de historia como si fuera un escudo. Jason se acercó todavía más.

Y entonces, sin pensarlo, alzó el libro y se lo estampó en la cabeza con todas sus fuerzas.

Jason se desplomó. Aturdido por el golpe, intentó desesperadamente recuperar el equilibrio. Luke volvió a descargarle el libro encima.

Esta vez, Jason cayó de espaldas. La cabeza chocó contra los peldaños con un golpe seco. El cuerpo rodó hasta el rellano.

No se movió.

Capítulo 28

Luke apenas se atrevía a respirar. Sujetaba el libro en alto sobre la cabeza.

Jason seguía sin moverse.

¿Y si lo he matado?

Se arrodilló y colocó la mano frente a la nariz de Jason. Muy, muy débilmente, sintió respiraciones cada pocos segundos. Jason no estaba muerto; solo inconsciente.

¿Durante cuánto tiempo?

Se quedó un rato mirando el cuerpo inmóvil, sin saber bien cuánto había pasado. No habría querido ser un asesino, pero, pensó con amargura, todo sería más fácil si Jason estuviera muerto.

Podría matarlo ahora mismo.

Algo en Luke se rebeló ante esa idea. Jason era lo peor: un falso, un soplón, un traidor, alguien que finge ser amigo y luego traiciona. Probablemente había puesto en peligro a cuatro chicos cuyo único crimen era existir. Jason merecía morir.

Pero Luke no podía matarlo.

Mientras se esforzaba por encontrar otra salida, sonó el teléfono portátil. El tono, agudo y metálico, retumbó por la escalera. Parecía lo bastante fuerte como para despertar a un muerto, por no hablar de alguien inconsciente.

Luke cogió el teléfono para acallarlo. Pero seguía sonando. Lo miró atónito. Nunca antes había tocado un teléfono. ¿No dejaban de sonar cuando los cogías? Pulsó botones al azar. Al fin, milagrosamente, el ruido cesó.

Soltó un suspiro de alivio. ¿Por qué había sonado el teléfono, en primer lugar? Jason lo había estado usando.

Cuando Luke se lo arrancó y lo pisoteó, aquello debía de haber sido como colgar. Y, sin embargo, volvía a sonar...

Alguien estaba llamando a Jason.

Con el corazón en la garganta, Luke se llevó el teléfono a la oreja.

—¿Sí? —susurró.

Tuvo un instante de esperanza. *Quizá lo he entendido mal. Quizá Jason no dijo que trabajaba para la Policía de Población, sino que los parias no se fiaban de él porque sospechaban que podría trabajar para la Policía. O quizá los parias no se fían de nadie por culpa de la Policía. Tal vez quien llama es de los nuestros, preocupado por el pobre Jason.*

—¿Sí? —repitió en voz muy baja.

—¡No vuelvas a hacer algo así! —la voz al otro lado explotó, furiosa—. La próxima vez que cuelgues a la Policía de Población, eres hombre muerto. Te mataremos incluso antes de cargarnos a esos cuatro parias que acabas de entregar.

La esperanza se le desvaneció al instante. Luchó por evitar que su mente también lo hiciera. *Piensa, piensa...* Había oído al padre de Jen engañar a la Policía de Población una vez. El señor Talbot mentía con tanta naturalidad que hasta Luke, que sabía la verdad, casi se lo creía.

Luke se tapó la boca con la mano. Tenía que conseguir que el hombre al otro lado de la línea creyera que estaba hablando con Jason.

—Lo siento —murmuró—. Ha sido un error. Se me ha caído el teléfono por accidente y se ha apagado solo.

Con un poco de ayuda de mi pie, pensó.

—¿Qué? ¡No te oigo! —bramó el hombre.

—La conexión es mala —dijo Luke, alzando la voz—. He dicho que lo siento. Se me cayó el teléfono sin querer. No le colgué. ¿Por qué iba a colgarle si estoy intentando convencerle de que me dé más tiempo?

—Bah —gruñó el hombre—. Me da igual lo que haya pasado. Solo quiero oír cómo te arrastras.

Luke comprendió al momento que al tipo no le importaban las excusas: lo único que quería era que Jason suplicara. Y suplicar era algo que a él se le daba muy bien.

—Escúchame bien —continuó el hombre—. Te daremos un día más. Y eso es todo. Y, Jason... más vale que consigas a esos otros chicos. Si no lo haces, ya sabes lo que te espera. Tenemos que cumplir una cuota, lo sabes.

El teléfono hizo clic. Luke comprendió que el hombre había colgado.

Lo había engañado. Había ganado algo de tiempo. Tenía un día más.

O hasta que Jason despertara.

Capítulo 29

Luke deslizó las manos por debajo de las axilas a Jason y empezó a arrastrarlo escaleras abajo. Bajar era más fácil que subir. Y, si Jason se despertaba y empezaba a gritar, sería menos probable que despertara a alguien estando ya en la planta baja.

Claro que, si Jason se despertaba y lo atacaba, también tendría muchas menos posibilidades de conseguir ayuda allí abajo.

Luke se obligó a concentrarse en seguir tirando del cuerpo del chico, más grande que él. Los pies de Jason resbalaron en el primer peldaño y golpearon con fuerza. Jason gimió, pero no abrió los ojos.

Quizá esté fingiendo, pensó Luke. *Quizá esté bien despierto y solo esté esperando el momento adecuado para atacar.*

La idea le provocó sudores. Pero tiró con más fuerza y consiguió arrastrar a Jason hasta el final de la escalera sin que se despertara.

Después, Luke lo fue arrastrando por el pasillo. A la derecha, luego a la izquierda, y otra vez a la derecha. Jason pesaba, y a Luke le ardían los brazos. También la cabeza, de tanto intentar idear un plan. Por fin encontró la puerta que buscaba y, haciendo un esfuerzo, llamó.

—¿Sí? —respondió una voz somnolienta desde dentro.

Luke hizo una mueca de dolor. En el fondo, casi esperaba que aquel plan saliera mal. *Sé valiente*, se dijo.

—¡Enfermera! —llamó—. Es mi... mi amigo. Está enfermo.

¿Cómo podía haber llamado amigo a Jason?

En fin. Aún le quedaban muchas mentiras por delante.

La puerta se abrió despacio. La enfermera apareció con una bata de dormir llena de volantes.

—Ay, cielos... —murmuró, aún medio dormida, al ver a Jason desplomado en el suelo.

Luke intentó sujetarlo como lo haría un amigo preocupado, pero le costaba. En realidad, le habría encantado soltarlo sin más.

—Se ha desmayado —dijo, aunque no hiciera mucha falta aclararlo—. Le ha dado como... como un ataque. No paraba de gritar y desvariar. Estaba... diciendo mentiras, inventándose cosas. —Eso tendría que ayudar si Jason se despertaba—. Creo que se llama delirio. Y creo que lo mejor es que siga inconsciente. ¿Puede darle algo para mantenerlo dormido?

—Ay, cielos... —repitió la enfermera, frunciendo el ceño—. Normalmente, en estos casos, lo que queremos es reanimar al paciente.

No era justo. Ahora la enfermera parecía saber perfectamente de qué hablaba.

—Ayúdame a meterlo dentro —ordenó a Luke.

La enfermera cogió las piernas de Jason y Luke lo levantó por los hombros. El esfuerzo muscular fue terrible. Estaba jadeando cuando por fin lograron tumbar a Jason en una camilla en la enfermería. Ella empezó a examinarlo enseguida.

—¿Se ha golpeado la cabeza? —le preguntó a Luke mientras le palpaba el cuero cabelludo.

A Luke se le empezó a revolver el estómago.

—P... p... puede —respondió—. Es que, eh, se agitaba mucho. Mientras estaba dormido.

—Pensé que estaba gritando y desvariando —dijo la enfermera, clavándole la mirada—. ¿También hacía eso dormido?

Luke tragó saliva.

—No. Primero se agitaba, y luego se despertó y empezó a actuar como si estuviera delirando. Y entonces le dio como un ataque y se quedó inconsciente. Creo. Pasó todo muy rápido. Fue... muy fuerte.

A Luke se le ocurrió otra idea.

—Debería atarlo a la cama, por si se despierta y vuelve a hacer cosas raras, para que no se haga daño.

—Gracias por el consejo médico —replicó la enfermera. Levantó uno de los párpados de Jason y le iluminó el ojo con una linterna. Luke contuvo la respiración. Si Jason se despertaba ahora, podía decirle a la enfermera lo que quisiera, y ella le creería. Jason mentía mucho mejor que él. Los labios de Jason se movieron. ¿Había susurrado algo que la enfermera pudo oír y Luke no? Intentó contener el pánico. Observó con alivio cómo los ojos de Jason se ponían en blanco. La enfermera le bajó el párpado con delicadeza. Jason no se movió.

A continuación, la mujer se sentó ante el escritorio y cogió un bolígrafo.

—Bien, ¿cómo se llama tu amigo? —preguntó. —Ja... quiero decir, Scott Renault —dijo Luke.

La enfermera lo miró con recelo.

—Y tu nombre es...

—Lee Grant —murmuró Luke.

La enfermera no le quitaba ojo.

—De acuerdo —dijo—. Voy a escribir en el ordenador tu versión de lo que le ha pasado a tu amigo.

Desapareció tras una esquina. Luke la oyó murmurar para sí y, enseguida, el repiqueteo del teclado. Ese sonido le hizo echar de menos a Jen. Recordó a Jason, tan entusiasmado cuando Luke había mencionado su nombre. Pero todo había sido teatro: una actuación calculada para que Luke confiara en él, para sacarle su nombre de verdad y poder traicionarlo.

A Luke le daba vueltas la cabeza. Le resultaba casi imposible reconstruir sus recuerdos ahora que sabía que Jason era un traidor.

La enfermera regresó.

—Firma aquí —dijo.

Desanimado, Luke firmó sin leer.

—Y ahora, ¿por qué no vuelves a la cama? —le dijo la enfermera—. Cuidaré bien de tu amigo. Te lo prometo.

Eso era, precisamente, lo que más temía.

Pero no le quedó más remedio que enfilar sus pasos hacia la puerta.

—Avíseme de cómo sigue —le pidió Luke al marcharse—. Y si dice algo raro....

—No te preocupes —dijo la enfermera—. Estoy acostumbrada a oír disparates.

En cuanto salió al pasillo, Luke deseó haber ideado otro plan.

¡Córcholis! Podría haber atado a Jason, amordazarlo y... ¿luego? ¿Dónde pensaba meterlo, exactamente? Incluso los chicos que se pasaban el día mirando al suelo se darían cuenta de un tipo atado y amordazado tirado por ahí. Y, total, ¿de dónde se suponía que iba a sacar cuerdas y una mordaza? No, no había tenido más remedio que jugársela con la enfermera. Solo que ahora tenía que darse aún más prisa. ¿Qué se inventaría Jason en cuanto despertara? De algo estaba seguro: no lo pintaría precisamente como el amigo heroico que lo había llevado en busca de ayuda.

De hecho, Jason ni siquiera necesitaba mentir. Le bastaba con decir que Luke le había golpeado la cabeza con un libro y lo había lanzado por las escaleras. Era verdad, aunque no toda la verdad. Y si a alguien le daba por investigar, solo tenía que echarle un vistazo al libro de Luke y...

El libro de Luke. Atónito ante su propia estupidez, Luke se dio cuenta de que había dejado su libro y el teléfono móvil de Jason en las escaleras.

Olvidando toda cautela, echó a correr por el pasillo, dobló varias esquinas y volvió a subir. Vio el libro de historia abandonado en un rincón del rellano, donde lo había soltado. Lo recogió de un manotazo y lo apretó contra el pecho como a un amigo al que llevaba años sin ver. Ahora solo faltaba encontrar el teléfono.

El teléfono no aparecía por ninguna parte.

Capítulo 30

El rellano no era más que un cuadrado de poco más de cuatro metros de lado, liso y vacío. Aun así, Luke dio vueltas una y otra vez, como si se le hubiera pasado por alto el teléfono y tuviera que estar allí mismo, delante de sus narices.

No estaba.

Luke miró en cada peldaño escaleras abajo e incluso en los de arriba del rellano, como si el teléfono pudiera haber echado a volar. Su tozudez tardó una eternidad en aceptar que había desaparecido. Al final se dejó caer en uno de los escalones, dándole vueltas a quién podía habérselo llevado.

¿Tenía Jason un cómplice?

Pensó en todos los vigilantes de pasillo, en todos los chicos que se reunían en el bosque. Ahora que había visto la verdadera cara de Jason, Luke ya no podía fiarse de nadie. Puede que todos trabajaran para la Policía de Población.

Excepto los cuatro chicos a los que Jason había delatado.

Luke estaba hecho un lío, pero hubo algo que sí consiguió sacar en claro: que aquel teléfono hubiese desaparecido significaba que esos cuatro corrían ahora un peligro mucho más inmediato.

Y él también.

El primer impulso de Luke fue esconderse, arrastrar a los otros cuatro a esconderse con él. El bosque ya no era seguro: Jason llevaría a la Policía de Población directamente hasta allí. ¿Habría algún sitio a salvo en la cocina? ¿Alguna clase vacía y olvidada? ¿Alguna habitación apartada, en la que a casi nadie se le ocurriera registrar?

Esconderse no servía de nada. Al final, los acabarían encontrando.

Luke tenía que hacer algo para evitar que la Policía de Población llegara siquiera a registrar la escuela. Pero ni siquiera entendía del todo qué estaba pasando. Necesitaba a alguien que supiera más que él, que mintiera mejor que él, que supiera manejar a la Policía de Población.

El padre de Jen.

Pero, ¿cómo se suponía que iba a llegar hasta él?

Capítulo 31

Luke bajó de nuevo al primer piso con un plan difuso en la cabeza. Le hacía falta el número de teléfono del señor Talbot. Le hacía falta un teléfono. En teoría, la secretaría del colegio tenía que tener las dos cosas. Necesitaba un teléfono. La oficina de la escuela debería tener ambos.

La secretaría estaba cerrada con llave.

Luke se quedó plantado ante la puerta ornamentada durante lo que le parecieron horas. Arriba tenía un panel de cristal, así que podía ver el interior sin problemas. Alcanzaba a distinguir el teléfono sobre el escritorio de la señorita Hawkins. Detrás se alineaban unos archivadores anticuados. Seguro que en uno de ellos había una carpeta con el nombre de Luke —o al menos con su nombre falso—. *¿Apuntarían allí el número del señor Talbot, por haber sido él quien lo llevó al colegio?* Luke estaba casi seguro de que sí. Pero de nada servía si no conseguía meter mano a esos archivos. Y por mucho que sacudió el pomo de la puerta de la secretaría, la dichosa puerta no se movió ni un milímetro.

Desesperado, Luke le soltó una patada. Pero la puerta era de arce macizo, muy gruesa. En Hendricks no había nada endeble. Incluso el cristal, seguramente...

El cristal. Luke no podía creer lo tonto que estaba siendo. Golpeó el panel con su libro de texto, y una satisfactoria telaraña de grietas se extendió por la superficie. Volvió a golpear, un poco más abajo, y rompió esa parte del panel.

—Y Jason dice que los libros no sirven para nada —murmuró Luke para sí—. ¡Toma!

Se cubrió la mano con la manga del pijama y empujó por la parte inferior del cristal. Solo cayeron al suelo unos pocos fragmentos. El resto del panel se quedó en su sitio. Era cristal de buena calidad. Si hubiera sido barato, se habría hecho añicos y habría caído al suelo con un gran estruendo.

Metió el brazo por el hueco hasta poder tocar el pomo desde dentro. Lo giró muy despacio, muy despacio, hasta oír el clic que estaba esperando. Abrió la puerta lo justo y se abalanzó hacia el archivador.

Con la luz tenue del pasillo no alcanzaba a leer las etiquetas de las carpetas. Tenía que llevárselas hasta la puerta para poder ver de quiénes eran.

El primer montón que sacó iba de Jeremy Andrews a Luther Benton. Lo devolvió a su sitio y avanzó más hacia el fondo del archivador. Tanner Fitzgerald hasta... sí, allí estaba: Lee Grant.

Le sorprendió lo gruesa que era su carpeta, teniendo en cuenta lo poco que llevaba en Hendricks. El primer montón de hojas eran historiales escolares de otros colegios, evidentemente los que había cursado el verdadero Lee Grant antes de morir y dejarle su identidad a Luke. También había fotos, siete en total, etiquetadas IN-FANTIL, PRIMERO, SEGUNDO... hasta SEXTO. Era raro, pero el chico de las fotos se parecía de verdad a Luke. El mismo pelo castaño claro, los mismos ojos pálidos, la misma expresión preocupada. Luke parpadeó, pensando que se habría confundido. Pero cuando volvió a abrir los ojos, el parecido seguía allí. ¿De verdad el auténtico Lee Grant se parecía tanto a él?

Entonces Luke recordó algo que Jen le había dicho una vez sobre cómo se podían retocar fotos en el ordenador.

«Puedes hacer que la gente parezca mayor, más joven, más guapa, más fea... lo que quieras. Si quisiera hacerme mi propio carné falso, seguramente podría», se había jactado.

Pero Jen quería salir de su escondite con su identidad intacta. Odiaba la idea de las identidades falsas.

Ahora, al fijarse en aquellas fotos manipuladas, Luke la entendía. Todo resultaba demasiado extraño. Sabía que aquello tendría que tranquilizarlo, ver hasta qué punto habían retocado su expediente. Pero, en vez de tranquilizarlo, le daba miedo. No quedaba ni rastro del verdadero Luke Garner. Probablemente hasta su propia familia acabaría por olvidarlo.

Luke no tenía tiempo para compadecerse. Pasó la página, esperando encontrar por fin sus papeles de admisión.

No estaban. En su lugar había una especie de registro diario. Luke leyó, fascinado y horrorizado a la vez:

28 de abril — Alumno retraído, arisco, durante la entrevista de admisión. Se niega a mirar al entrevistador directamente a los ojos. Se niega a responder a las preguntas. Conducta huraña. Se cree que la hostilidad está relacionada con el distanciamiento de los padres. Cabe suponer un alto riesgo de repetidos intentos de fuga. Comenzar tratamiento de inmediato. 29 de abril — Continúa la actitud huraña. Rechaza cualquier intento de interacción. Los profesores informan de desinterés y hostilidad.

El registro seguía en el mismo tono, con una entrada por cada día que Luke había estado en Hendricks. Una y otra vez hablaba de terapia y tratamiento, y de si daban resultado o no. Pero Luke no había tenido ninguna entrevista de admisión. No había tenido terapia, ni tratamiento, ni la más mínima atención por parte de los responsables del colegio. Estaba claro que aquel también era un registro falso.

Pero ¿quién lo había falsificado? ¿Y por qué?

Completamente desconcertado, Luke pasó la página. Y allí estaba el buen montón de sus papeles de admisión.

El nombre del señor Talbot aparecía en la segunda columna de la página dieciséis, como contacto en caso de emergencia.

Luke cogió el teléfono y empezó a marcar.

Capítulo 32

—¿Diga? —contestó una voz somnolienta de mujer.

—¿Podría hablar con el señor Talbot? —preguntó Luke—. Necesito hablar con él.

—¡Son las tres de la mañana! —siseó la mujer.

—Por favor —suplicó Luke—. Es una emergencia. Soy amigo de.... —Por poco deja escapar *Jen*. Probablemente el teléfono del señor Talbot estaría pinchado por la Policía de Población. Y quizá ahora también el del colegio. Luke no lo sabía. Lo intentó de nuevo—. El señor Talbot es amigo de mis padres...

Durante unos segundos no hubo más que silencio. Luego sonó una voz de hombre, tan dormida como la de la mujer:

—¿Sí?

Era el señor Talbot.

Luke quiso soltarlo todo de carrerilla: desde su primer y confuso día en Hendricks, hasta la traición de Jason y lo raro del expediente que seguía sujetando sobre las rodillas. Si pudiera explicarle todos sus problemas, estaba seguro de que el señor Talbot sabría qué hacer. Pero tenía que escoger bien las palabras.

—Me dijo que me mimetizara —le reprochó, esperando que el señor Talbot lo recordara—. No puedo. Tiene que venir a buscarme.

Y a otros cuatro chicos, añadió en silencio, como si el señor Talbot pudiera leerle la mente. Si hubiese podido decirlo sin rodeos: *Tiene que conseguir cuatro identidades falsas más para estos amigos. Y también tendrá que proteger a sus familias.* Pero no se le ocurría ninguna clave que pusiera sobre aviso al señor Talbot sin alertar también a la Policía de Población.

—Vamos, vamos —dijo el Sr. Talbot con calma, como un tío mayor dando consejos—. Seguro que el colegio no es tan horrible. Tienes que darle más tiempo. ¿Es la semana de exámenes finales o algo así?

Luke no sabía si el señor Talbot de verdad no entendía o si estaba fingiendo por culpa de la posible escucha.

—¡No es eso! —casi gritó Luke—. Es... es como un problema que ya tuve antes.

—Sí, los problemas suelen repetirse —respondió el señor Talbot, todavía tranquilo—. Normalmente hay una causa de fondo. Primero hay que atajar eso.

¿Estará el señor Talbot hablando en clave? Luke esperaba que sí.

—Decirlo así es muy fácil —protestó—. Pero los problemas se están multiplicando. Ahora hay otros cuatro de los que tengo que ocuparme. Y ellos no pueden esperar a que se arregle la, ejem, causa de fondo. Es una emergencia. Tiene que ayudarme.

Luke se sintió orgulloso de sí mismo. No podía ser más claro usando un teléfono que quizá estuviera pinchado. Seguro que el señor Talbot lo entendería.

—A veces sois tan melodramáticos, los niños —dijo el señor Talbot, irritado. Ahora sí que sonaba como un hombre arrancado de la cama a las tres de la mañana sin motivo—. Tengo plena confianza en que podrás ocuparte tú solo de tus problemas. Y ahora, buenas noches.

—¡Por favor! —suplicó Luke.

Pero el señor Talbot ya había colgado.

Capítulo 33

Luke se quedó mirando el teléfono. Se había esforzado tanto... No era justo ni siquiera saber si lo había conseguido o no.

No. En el fondo sí lo sabía: había fracasado.

Había escuchado el tono indiferente en la voz del señor Talbot. No podía engañarse pensando que todo era teatro, que cada palabra llevaba un doble sentido. Eran las tres de la mañana. Lo había sacado de un sueño profundo. ¿Cómo iba a entender lo que Luke necesitaba?

Dejó caer el teléfono y apoyó la frente sobre el escritorio de la señorita Hawkins. La carpeta que había tenido sobre las rodillas se le resbaló y cayó al suelo, desparramando papeles llenos de mentiras. Le daba igual. Le daba igual que, si alguien pasaba por allí, lo pillara donde no debía estar. Había llegado al punto en que nada le importaba.

¿Habría llegado Jen alguna vez a este punto mientras planeaba la manifestación?

Luke recordó la última vez que la había visto, la noche en que se fue a la capital. Parecía casi de otro mundo, como si ya hubiera cruzado a un lugar distinto del que compartía con él. Y así había sido. Él seguía escondido, y ella estaba a punto de arriesgar la vida por ser libre.

Para ti fue más fácil, acusó Luke en silencio. *Tú no estabas confundida.*

No era nada fácil tener como mejor amiga a una heroína muerta.

No puedo estar a tu altura, Jen, pensó. *Yo no soy tú.*

Tampoco era Lee Grant. Con movimientos lentos, solo por quitárselos de encima, empezó a recoger aquellos papeles falsos y a meterlos de nuevo en la carpeta.

Como si estuviera soñando, dejó el teléfono sobre el escritorio, guardó la carpeta en el archivador y cerró el cajón. Salió de la oficina y tiró de la puerta para cerrarla tras de sí, sin molestarse lo más mínimo en ocultar los cristales rotos.

Tenía que huir, no había otra opción. Podía llevarse a los otros cuatro con él. Tendrían que jugársela. Podían dirigirse a la ciudad.

Luke ya había perdido la noción del tiempo. Antes de despertar a los demás y asustarlos de muerte, decidió asomarse fuera y ver cuánto les quedaba hasta el amanecer.

Fue hasta la puerta que usaban siempre, la que daba al bosque y que antes había dado a su huerto. Intentó girar el pomo, pero debía de tener la mano floja de puro agotamiento: los dedos se le resbalaron. Volvió a aferrar el pomo y lo intentó con más fuerza.

La puerta estaba cerrada con llave. Cerrada desde fuera.

Preso del pánico, Luke echó a correr hacia la puerta principal, por donde había entrado con el señor Talbot aquel primer día.

También estaba cerrada con llave.

¿Qué clase de escuela encierra a sus alumnos por la noche?

Ninguna. Solo las cárceles.

Luke echó a correr de un lado a otro, probando todas las puertas que encontraba, pero fue inútil. Todas estaban cerradas. Y ninguna tenía paneles de cristal que pudiera romper.

Finalmente se desplomó en el suelo, frente al aula de Historia.

Estamos atrapados, pensó. *Atrapados como ratas en una madriguera.*

Luke no se sorprendió lo más mínimo al oír pasos en el pasillo. Apenas se atrevió a levantar la vista. Pero no era Jason ni nadie de la Policía de Población quien se alzaba sobre él, sino su profesor de Historia, el señor Dirk.

—A la cama, jovencito —dijo el señor Dirk—. Aprecio tu dedicación a la Historia, pero estudiar toda la noche está terminantemente prohibido. Me temo que voy a tener que ponerte...

—Lo sé, lo sé —lo interrumpió Luke—. Dos amonestaciones.

Bajo la severa mirada del señor Dirk, Luke subió las escaleras con resignación.

Capítulo 34

Luke se despertó consumido por la culpa a la mañana siguiente. ¿Cómo podía haberse pasado tantas horas durmiendo? Había tenido que volver a su cuarto porque el señor Dirk lo vigilaba, sí. Pero después podría haber salido a escondidas. ¿Por qué ni siquiera había avisado a los otros?

Una parte racional de su mente protestó: *¿De qué habría servido una advertencia si no podían escapar?*

A su alrededor, sus compañeros de habitación se quejaban de los exámenes que tenían ese día. Uno o dos tenían los libros abiertos sobre la cama y estudiaban mientras se vestían. Le parecía increíble que alguien pudiera preocuparse por un examen en un momento como aquel.

Con un nudo en el estómago, Luke miró hacia la cama de Jason. Estaba vacía. Las sábanas seguían revueltas igual que la noche anterior. La almohada aún conservaba la marca de su cabeza. Pero de Jason no había ni rastro.

—¿Dónde está Scott? —preguntó Luke.

La voz le tembló, por mucho que intentó sonar despreocupado.

Solo obtuvo miradas vacías por respuesta.

—Ni idea —murmuró por fin uno de los chicos, antes de volver a sus apuntes.

En el desayuno, Luke se sentó con la pandilla de Jason, pero Jason seguía sin aparecer. Paseó la mirada por la mesa, hacia los cuatro que Jason había delatado: Antonio/Samuel, de ojos oscuros chispeantes y risa fácil; Denton/Travis, que se sabía cientos de acertijos; Sherman/Ryan, que hablaba con un acento que Luke no había oído nunca, y Patrick/Tyrone, que una vez había asegurado que le habían dado su identidad falsa «por la suerte de los irlandeses». Luke no podía decir que conociera bien a ninguno de ellos, pero era una tortura estar allí, verlos comer su papilla y hacer bromas, completamente ajenos al hecho de que estaban condenados.

Luke se inclinó hacia Patrick para susurrarle al oído:

—Estás en peligro... tengo que contarte...

Pero Patrick se lo quitó de encima con un simple:

—Corta el rollo, cateto. Me estás molestando.

Y entonces los demás se quedaron mirando a Luke. ¿Cuántos de ellos estarían del lado de Jason, trabajando para la Policía de Población?

Luke no se atrevió a dar la advertencia en voz alta.

El desayuno se le pasó volando y el pánico de Luke no dejaba de crecer. La cabeza no paraba de darle vueltas. *Podría esconderme yo solo, si no soy capaz de salvar a los demás*, pensó. Pero no podía dejarlos simplemente a su suerte. Tenía que encontrar la manera de ayudarlos. Pero ¿cómo?

—Si no te vas a comer el desayuno, me lo como yo —dijo Patrick, cuando el suyo era ya el único cuenco que seguía lleno.

En silencio, Luke le pasó su plato.

—Eh, gracias —dijo Patrick con una sonrisa enorme—. Eres el mejor.

Si supieras, pensó Luke, miserable.

En ese momento, la puerta del comedor se abrió de golpe.

—¡Policía de Población! —tronó una voz.

Luke se quedó paralizado. Sabía que esto iba a pasar, pero aun así le parecía imposible. Intentó gritar: «¡Corred!». Quería avisar a Patrick y a los demás, pero abrió la boca y no salió ni un sonido. También tenía las piernas rígidas. Solo podía quedarse sentado, mirando y escuchando, horrorizado.

Un hombre enorme entró en la sala. Su uniforme verde oliva estaba cubierto de medallas. Apretaba un fajo de papeles en el puño.

—Tengo aquí una orden de detención contra ilegales que han agravado su delito mediante el uso de documentos falsificados —anunció.

Luke cerró los ojos, destrozado. Todo había terminado. Había fallado en todo. No había salvado a los otros, ni se había salvado a sí mismo. Nunca había hecho nada por la causa. Iba a morir antes de tener la oportunidad de lograr una sola cosa que valiera la pena.

El agente repasó los papeles que llevaba en la mano y carraspeó.

—La pena por infringir la Ley de Población 3903 es la muerte. La condena por falsificación de documentos cometida por un ciudadano ilegal es la muerte por tortura, a elección del Gobierno.

Uno de los chicos autistas empezó a llorar; Luke lo oyó desde el otro lado del comedor. El resto permanecía inmóvil, en un silencio sepulcral. Luke esperaba tener al menos la oportunidad de disculparse con los otros cuatro. El agente de policía continuó.

—El primer ilegal al que he venido a detener responde al nombre de...

—Tranquilo, Stan. Ya lo he encontrado —interrumpió alguien desde atrás.

Luke reconoció la voz. Un segundo después, el señor Talbot entró en el comedor.

Y detrás de él, con las muñecas esposadas y los tobillos encadenados, iba Jason.

Capítulo 35

Todo el comedor, lleno de chicos, soltó un grito ahogado.

—Estaba escondido en la enfermería —dijo el señor Talbot—. Y la otra está en el colegio de chicas. Vamos, no quiero llegar tarde a mi partida de golf.

—¡No! —rugió Jason. Incluso encadenado imponía respeto. El policía del pecho lleno de medallas se volvió a mirarlo con algo parecido a la admiración—. ¡Ya se lo dije! ¡No soy un paria! ¡Puedo enseñarle quiénes sí lo son!

Jason dio un paso al frente, haciendo sonar las cadenas. El señor Talbot alargó la mano para agarrarlo del brazo, pero el policía lo detuvo.

—A lo mejor dice la verdad —sugirió—. Me encanta cuando se traicionan entre ellos. Y tampoco me importaría nada llevarme una prima por superar mi cupo este mes.

El señor Talbot se encogió de hombros y miró el reloj, como si lo único que le preocupara fuera llegar tarde a la hora de su partida de golf.

Jason avanzó renqueando por la sala hasta llegar a la mesa de Luke. Luke se sintió mareado. Todos a su alrededor parecían contener el aliento.

Jason señaló.

—Ese. Su verdadero nombre es Antonio Blanco, pero aquí se hace llamar Samuel Irving. Ese. Denton Weathers, alias Travis Spencer. Ese. Sherman Kymanski, alias Ryan Mann. Ese. Patrick Kerrigan, alias Tyrone Janson.

Entonces Jason señaló a Luke.

—Y él. No sé su nombre real, pero finge ser Lee Grant. —Se volvió hacia el agente de la Policía de Población, casi suplicante—. Y sé que hay más. Solo deme algo de tiempo...

El señor Talbot se echó a reír. Sus carcajadas resonaron en el comedor silencioso como campanas tras un funeral.

—¿Lee Grant, un impostor? Esa sí que es buena. Conozco a Lee desde que era un bebé. Su familia solía pasar la Navidad con la mía, cuando vivíamos en la ciudad. Ahora que lo pienso, creo que llevo una o dos fotos de aquellas Navidades en la cartera. ¿Quiere verlas? —le preguntó al agente, mientras se sacaba la cartera del bolsillo trasero—. Eh, Lee, cuánto me alegro de verte. Ven, mira. ¿Te acuerdas del año en que tus padres te obligaron a ponerte el gorro de Papá Noel?

De algún modo, Luke consiguió que las piernas lo llevaran hasta donde estaba el señor Talbot. En una ocasión, el señor Talbot ya había mentido diciendo que era amigo íntimo de un primo del padre de Luke. Aquello ya había sido bastante arriesgado. Esta vez no había manera de sostener semejante mentira.

Pero la foto que el señor Talbot le plantó delante se veía perfectamente. Allí estaba él mismo con otros tres adultos, de pie junto a una chimenea. Dos chicos que Luke reconoció como los hermanos de Jen —los hijastros del señor Talbot— aparecían sentados en el borde de la chimenea. Y allí, justo entre ellos, estaba Luke, con camisa de franela y un gorro de Papá Noel.

El señor Talbot incluso le pasó la foto por delante de la cara a Jason.

—Pero si lo sé... —bufó Jason—. Él... bueno, de los otros estoy seguro. ¡Segurísimo!

—Claro, claro —replicó el señor Talbot—. Seguro que te has inventado esos nombres para intentar salvar el pellejo.

De pronto, Patrick/Tyrone intervino:

—Tiene razón, señor. Mi verdadero nombre es Robert Jones.

—Y yo soy Michael Rystert —añadió Sherman/Ryan.

Los otros dos también dieron nombres distintos: Joel Westing y John Abbott. Los cuatro hablaron con toda la calma del mundo, sin dudar.

Luke se quedó de piedra. *¿Qué estaba pasando?* ¿Cómo podían conseguir algo así sin que nadie los descubriera?

—¡Mienten! ¡Revisen sus expedientes! —chilló Jason.

—Buena idea —comentó el señor Talbot—. ¿Algún profesor o alguien de dirección que pueda...?

En una mesa del fondo, el profesor de Historia de Luke, el señor Dirk, se levantó.

—Denme un minuto —dijo.

Luke se preguntó cómo aquel hombre le había podido intimidar alguna vez. Salió del comedor a toda prisa, corriendo como un ratón. En nada estuvo de vuelta con cuatro archivadores bien gruesos y se los entregó al agente.

—Por favor, procure que ninguno de los chicos los vea. Preferimos que sus expedientes sigan siendo confidenciales...

Pero todos estiraban el cuello intentando echar un vistazo. Luke tenía ventaja, porque seguía de pie junto al señor Talbot. El agente hojeó el primer expediente a toda velocidad; Luke alcanzó a ver MICHAEL escrito una y otra vez en cada página. En el siguiente, lo mismo con ROBERT, repetido una y otra y otra vez.

—¡Son falsos! —aulló Jason.

—Bah, ¿y quién iba a falsificar todo esto en los dos minutos que llevamos aquí plantados? —gruñó el agente, visiblemente harto. Soltó los expedientes sobre la mesa y tiró del brazo de Jason—. Vamos, se acabó. Ya está bien de mentiras. Más vale que vayamos a hacer la otra recogida de una vez o el señor Talbot querrá que le compense el tiempo de golf que le estoy haciendo perder.

—Pero... pero... —balbuceó Jason, mientras se lo llevaban fuera del comedor.

Y así, Jason, el señor Talbot y el agente de la Policía de Población desaparecieron.

Capítulo 36

Resultaba extraño que, después de todo lo ocurrido, los chicos fueran a clase como si nada. Los vigilantes de pasillo seguían en sus puestos, igual que siempre. Cuando sonaba el timbre, los profesores carraspeaban con su sequedad habitual y empezaban a soltar lecciones sobre números enteros, leyes de la termodinámica o poetas muertos hacía siglos...

Luke hizo el examen de Historia aquella tarde, tal como estaba previsto. Le sorprendió ser capaz de escribir respuestas sobre Hércules y Aquiles, Aníbal y Arturo, héroes de un pasado remoto, mientras la cabeza se le llenaba de preguntas sobre el presente. Se moría de ganas de pedirle una explicación a Patrick/Tyrone —no, ahora debía llamarlo Robert—. O a cualquiera de los otros. ¿Cómo habían sabido qué nombres decir? ¿Cómo habían conseguido cambiar sus expedientes? ¿Cómo podía ser que nadie en todo el comedor se hubiera levantado a poner en duda sus historias? Y... ¿quién había delatado a Jason?

Pero cada vez que Luke se cruzaba con ellos, solo los oía quejarse de los exámenes, protestar por la comida del colegio y contar chistes tontos. Se comportaban como si siempre se hubieran llamado Michael, Robert, Joel y John.

Nadie volvió a mencionar a Jason.

—¿Vamos a ir al bosque esta noche? —susurró Luke a Trey al salir del comedor—. Para hablar de... ya sabes.

Trey lo miró como si no entendiera una palabra.

—O sea, que no —murmuró Luke, incapaz de soltar el tema.

En ese momento notó una mano en el hombro.

—Quiero hablar contigo, joven —dijo una voz a su espalda.

Sintió cómo el pánico de aquella mañana le volvía de golpe; aun así tuvo que obligarse a darse la vuelta.

Era el señor Dirk, su profesor de Historia, que lo observaba con gesto severo.

—Tú eres Lee Grant, ¿no es así? —preguntó.

Los demás chicos siguieron adelante. Luke se quedó mirando cómo se cerraban las puertas del aula magna antes de conseguir asentir.

—Entonces, ven conmigo —dijo el señor Dirk, dándose la vuelta.

Luke lo siguió a unos pasos de distancia. Así que el señor Dirk iba a cantarle las cuarenta por el examen de Historia. ¿Y qué más daba? Recordó que, sin Jason, ya no había nadie que pudiera retocar sus notas. Y, en realidad, nunca le habían importado demasiado.

—El trimestre que viene me esforzaré más —empezó Luke—. Ni siquiera empecé a ir a su clase hasta la semana pasada...

—Calla —cortó el señor Dirk.

Luke tuvo que reprimir una risa nerviosa. Era de locos: después de sobrevivir a una redada de la Policía de Población, ahora estaba metido en un lío por haberse olvidado de los nombres de unos cuantos tipos muertos de los que casi nadie había oído hablar.

El señor Dirk pasó de largo frente a su aula. Luke estuvo a punto de protestar, pero el profesor aceleró el paso y tuvo que darse prisa para no quedarse atrás. Su profesor fue directo hasta la puerta principal y giró el pomo.

¿No se suponía que por las noches estaba cerrada?, quiso preguntar Luke. Pero empezaba a entender que el

señor Dirk no pensaba echarle la bronca por la clase de Historia. Se calló.

La puerta se abrió sin resistencia. Luke y el señor Dirk salieron juntos al exterior.

Delante de ellos, en la penumbra, se extendían varios tramos de escaleras. Luke recordó el miedo con que las había subido aquel primer día en Hendricks. Ahora ya no parecían tan imponentes, quizá porque estaba arriba mirándolas hacia abajo y no abajo mirando hacia arriba.

—¿Adónde vamos? —no pudo evitar preguntar.

Como única respuesta, el señor Dirk se llevó un dedo a los labios.

Bajaron las escaleras y recorrieron el ancho camino de entrada. A lo lejos se oía el canto de los grillos. Eso le encogió el pecho de nostalgia. En la granja, su padre y sus hermanos seguramente estarían entrando ahora para cenar después de un día entero haciendo pacas de heno. Mamá estaría volviendo de la fábrica.

No le parecía justo haber pasado uno de los días más aterradores de su vida y que su familia nunca llegara a saberlo.

—Fíjate dónde pisas —le advirtió el señor Dirk.

Luke estaba tan absorto en sus pensamientos que ni siquiera se dio cuenta de cuándo giraron y fueron a parar frente a una casita. No... en realidad no era una casita; el tamaño lo había engañado. Aquel edificio tenía torreones y arcos, como un castillo en miniatura, pero estaba tan bien escondido entre lilas, rododendros y forsitias que podría haber pasado por delante sin verlo.

—Toca el timbre —le indicó el señor Dirk.

Luego se dio media vuelta para marcharse. A Luke se le hizo un nudo en la garganta.

—¡Espere! —alcanzó a decir.

El señor Dirk no era precisamente alguien en quien apoyarse, pero al menos era una cara conocida. No le hacía ninguna gracia quedarse plantado en un sitio extraño sin que nadie le explicara nada.

—Confío en que sabrás volver solo cuando termines —dijo el señor Dirk, antes de perderse en la oscuridad.

Luke no tuvo más remedio que pulsar el timbre.

—Adelante —respondió una voz grave desde dentro.

Empujó un poco la puerta. Era del mismo tipo de madera pesada que todas las puertas de Hendricks y apenas cedió. Con cuidado, la abrió solo un poco y se deslizó al interior.

Ante él se abría una sala en penumbra. De unas lámparas antiguas colgaban prismas de cristal. Varios sofás de madera curvaban sus respaldos entre mesas de formas extrañas, atestadas de fotografías enmarcadas. Luke ni siquiera se dio cuenta de que había un hombre en una silla de ruedas hasta que este carraspeó.

—Bienvenido, muchacho —dijo el hombre.

Era mayor que los padres de Luke, y también mayor que el propio señor Talbot. Tenía un pelo blanco, tupido, que se levantaba sobre la frente como un montón de nieve. Llevaba unos pantalones caqui impecables y una camisa azul claro: el mismo estilo de ropa de barón al que Luke casi empezaba a acostumbrarse.

—¿Te apetece algo de beber? —preguntó—. ¿Agua embotellada, quizá?

Luke negó con la cabeza, desconcertado. Las preguntas le zumbaban por dentro.

—George —llamó entonces el hombre.

El señor Talbot apareció por la parte de atrás de la casa y entró en la habitación.

A Luke casi se le doblaron las piernas de alivio. *Por fin*. Alguien que pudiera explicarle qué estaba pasando.

—Señor... —empezó.

Pero el señor Talbot movió la cabeza en un gesto de aviso. Pasó una barra alargada por delante del pecho y las piernas de Luke, y luego por detrás de su espalda. Al terminar, se echó ligeramente hacia atrás y anunció:

—Está limpio. Sin bichos.

—Detesto toda esta tecnología, ¿tú no? —dijo el hombre de la silla de ruedas, reclinándose en el asiento como si las palabras de Talbot por fin le permitieran relajarse. Removió el contenido de una taza que sostenía en la mano. Luke creyó reconocer un olor parecido al del café de achicoria que sus padres se permitían a veces a modo de capricho—. Pero ahora ya puedo presentarme. Soy Josiah Hendricks. Supongo que a mi amigo ya lo conoces.

Luke solo pudo asentir.

—Siéntate, siéntate —dijo el señor Hendricks—. No hace falta ponerse ceremonioso.

Luke se dio cuenta de que el señor Talbot, que siempre llevaba la voz cantante cada vez que Luke lo había visto, obedeció al momento. Él también se dejó caer enseguida en un sillón.

El señor Hendricks dio un sorbo a su bebida.

—Eres un muchacho muy curioso —dijo, mirando a Luke—. Quieres respuestas, ¿verdad?

—Sí —contestó Luke al instante.

Se volvió hacia el señor Talbot, esperando que fuera él quien hablara, pero Talbot se limitó a sostenerle la mirada a Hendricks, como cediéndole la palabra.

—Hubo una época en la que fui un hombre muy rico —empezó Hendricks—. Y despilfarré mi dinero como un idiota; es lo que suele pasar cuando uno tiene más de lo que sabe gastar. La historia de cómo viví mi juventud es larga... y nada agradable. Basta con decir que, cuando llegaron las Grandes Hambrunas, ya me habían dado motivos de sobra para aprender lo que es la compasión.

Bajó la vista de golpe. Luke se dio cuenta, por primera vez, de que las perneras del pantalón colgaban vacías por debajo de las rodillas.

—Esta noche no voy a ocultarte nada —añadió en voz más baja.

Luke se removió, incómodo, en el sillón. ¿Se suponía que tenía que decir algo? Por lo visto, no. El señor Hendricks continuó:

—Sabes que el Gobierno llegó a plantearse dejar morir de hambre a los «indeseables», ¿no? —preguntó—. Cuando no hay comida para todos, ¿quién merece comer? ¿La chica ciega? ¿El chico sordo? ¿El hombre sin piernas?

La rabia en su voz era casi insoportable. A Luke se le enredaron las palabras en la boca, dispuesto a decir lo que fuera con tal de que avanzara en la historia.

—Jason... quiero decir, el que se han llevado esta mañana... me habló de eso. En la escuela.

—Así es —asintió el señor Hendricks.

Pareció perderse un momento en sus recuerdos, pero enseguida retomó el hilo:

—Mi familia y yo... nos dejamos millones en sobornos para intentar convencer al Gobierno de que tuviera algo de corazón. Dejaron en paz a las personas con discapacidades. Y, a cambio, aprobaron la Ley de Población. —Frunció el ceño mientras removía el café—. ¿Y hasta qué punto fui compasivo, en realidad? Salvé a los míos, sabiendo que a otros seguramente los matarían. Así que fundé los colegios. Como penitencia.

—El señor Hendricks vio venir lo que otros no —añadió el señor Talbot—. Entendió que iban a nacer cientos de niños ocultos, y que sus familias los esconderían. Y supo que, si algún día conseguían salir de su escondite, necesitarían lugares seguros adonde ir.

—Pero yo pensaba que sus colegios eran para chicos autistas, con fobias, para los que... —Luke se cortó a mitad de frase—. Ah —murmuró al final.

El señor Hendricks soltó una breve carcajada.

—¿Así que mi montaje te engañó? —preguntó—. ¿Quién puede saber si un niño se balancea porque tiene autismo o porque está muerto de miedo? ¿Quién puede decir si la agorafobia viene de algo extraño en la mente o de pasarse la vida oyendo: «Salir ahí fuera es un suicidio»? Al principio, sí, aceptaba niños cuyos problemas estaban ocasionados por otras cosas. Me fui ganando fama de director capaz de hacerse cargo de cualquier chico problemático. Y cuando los primeros niños ocultos empezaron a aparecer, ellos también terminaron aquí.

Luke trató de encajar toda aquella información.

—Entonces, ¿todos son parias? ¿Y todo el mundo lo sabe? —preguntó—. Los profesores, la señorita Hawkins en la oficina, la enfermera, los demás chicos...

—Oh, no —negó con firmeza el señor Hendricks—. Mi farsa es completa. Ni siquiera sé con certeza quién es quién entre los chicos. Y no quiero saberlo. Siempre existe la posibilidad de...

—Tortura —acabó la frase el señor Talbot, con gesto sombrío.

—A quienes no conozco, no puedo traicionarlos —continuó Hendricks—. Y solo contrato a empleados con un talento muy particular para no enterarse de nada. Profesores tan enamorados de su asignatura que son incapaces de fijarse en los alumnos que tienen delante durante todo un año. Personal administrativo con una incompetencia tan descomunal que no sabe meter datos en el ordenador y ni se da cuenta cuando un expediente es falso o ha sido cambiado... Tiene su encanto mi sistema, ¿no te parece?

Luke recordó cómo había desaparecido el teléfono de Jason, cómo las puertas estaban cerradas, cómo habían aparecido, como por arte de magia, los expedientes con los nuevos nombres falsos de sus cuatro amigos.

—Pero alguien tiene que saberlo —insistió—. Tiene que haber alguien que lleve las riendas.

El señor Hendricks se acomodó en la silla de ruedas.

—Oh, sí. Tengo algunos aliados. El señor Dirk, como probablemente sospechas, me ha sido útil alguna que otra vez, aunque lo que sabe es limitado. No voy a darte más nombres.

Luke suponía que debería sentirse aliviado por tener, por fin, una explicación. Incluso feliz: por primera vez, un adulto en Hendricks reconocía que él existía. Pero, de pronto, lo único en lo que podía pensar era en lo solo y apartado que se había sentido aquellas primeras semanas, en lo invisible que había sido. En lo bajo que había caído, hasta el punto de casi alegrarse cuando Jason se metía con él cada noche. Notó cómo la rabia le subía de golpe por todo el cuerpo.

—Se cree que lo tiene todo controlado —saltó Luke, antes de poder morderse la lengua—. ¿Es que no sabe lo que se siente al ser un paria? Y luego nos deja ahí tirados, rodeados de gente a la que no le importamos. O que ni siquiera es capaz de preocuparse. Es un milagro que no salgamos todos corriendo para volver a escondernos.

—Oh, no —respondió el señor Hendricks, sin inmutarse ante el estallido de Luke—. Nunca habéis estado abandonados. Supongo que nunca has hecho submarinismo, ¿verdad?

Luke negó con la cabeza y se contuvo para no poner los ojos en blanco.

—Pero sabes en qué consiste, ¿no? —continuó el señor Hendricks, sin esperar respuesta—. Cuando un buceador sube a la superficie, tiene que hacerlo poco a poco, para que el cuerpo se acostumbre al cambio de presión. Los niños que salen de su escondite necesitan lo mismo. Necesitan sitios donde acostumbrarse al mundo de fuera. Lugares donde ese miedo enorme a salir al exterior no parezca tan raro. Donde puedan ser ariscos, apartarse de los demás, sin llamar la atención. Un sitio... en fin, como Hendricks. Y luego, cuando están preparados, se marchan.

—¿Se refieres a... irse de verdad? —preguntó Luke, con la voz quebrada pese a sus esfuerzos.

—Sí —dijo el señor Talbot—. Y en eso el señor Hendricks y yo estamos de acuerdo: lo que ha pasado en las últimas veinticuatro horas demuestra que ha llegado tu momento. Ya estás listo para irte.

Capítulo 37

—¿Cómo? —dijo Luke.

Ni siquiera se le había pasado por la cabeza que la conversación pudiera ir por ahí.

El señor Hendricks se inclinó hacia delante.

—En mis colegios nunca había habido infiltrados —dijo, lanzándole al señor Talbot una mirada afilada.

Talbot frunció el ceño en un gesto que pareció de disculpa.

—La Policía de Población siempre ha fingido que es imposible que un niño ilegal consiga una identidad falsa —añadió—. Pero después de la manifestación... —Los ojos se le velaron; Luke notó el esfuerzo que hacía por seguir hablando sin dejar ver lo que sentía—. Después de la manifestación, cambiaron todas las reglas.

—Así que, como ves, nunca contamos con la posibilidad de una traición —dijo el señor Hendricks—. Al principio, sí, andábamos con pies de plomo y mirando todo el rato por encima del hombro. Y por suerte mantuvimos ciertos hábitos de... seguridad muy estricta. Pero no estábamos preparados para que la Policía de Población metiera impostores entre nosotros, para que recopilaran nombres, para que incitaran a los chicos a hablar de más.

Luke frunció el ceño.

—Pero Jason... dijo que ya había habido redadas antes. Dijo que...

En el rostro del señor Talbot se esbozaba una sonrisa sarcástica. El señor Hendricks alzó una ceja.

—Querido muchacho —dijo el señor Hendricks—. Te estaba mintiendo.

Luke hizo una mueca. No le gustaba que hablaran como si él no pudiera haber llegado solo a esa conclusión. Pero también se había pasado semanas escuchando a Jason. ¿Qué parte había sido verdad y cuál no? Recordó otra de sus «explicaciones»: «No puedes ser demasiado bueno con un paria... los parias necesitan un amigo que los endurezca. Como yo contigo».

Luke revivió todas las veces que Jason le había obligado a llamarse inútil, a hacer flexiones hasta que los brazos le fallaran, a hacer el ridículo delante de todos. Jason no había estado intentando endurecerlo, sino destrozarlo.

Pero no lo había conseguido.

Luke no sabía por qué. Se quedó casi sin aire al pensar en lo que podría haber pasado. Y, de pronto, toda la rabia se le volvió contra el señor Hendricks y el señor Talbot, sentados allí con aquel aire condescendiente.

—¿Y cómo es que no sabían que Jason era un impostor? —soltó Luke—. Tendrían que haberlo visto. No se parecía en nada a los demás.

—Sí, igual que tú —replicó enseguida el señor Hendricks—. ¿Teníamos que sospechar que trabajabas para la Policía de Población solo porque te gustaba salir fuera?

Luke parpadeó.

—Sí, lo sabíamos —prosiguió el señor Hendricks—. Igual que sabíamos que Jason, como tú lo llamas, estaba montando un club de antiguos niños ocultos. Nunca habíamos visto algo así y, sinceramente, al principio nos pareció una buena señal. Hasta que tú nos abriste los ojos.

Luke recordó lo frustrado, asustado y solo que se había sentido la noche anterior.

—Yo no hice nada —dijo—. Lo intenté, pero nada salió bien. El señor Talbot es quien de verdad se merece el mérito.

—Tú detuviste al infiltrado y lo dejaste inconsciente. Luego lo llevaste a la enfermería y, según el protocolo del colegio, la enfermera tenía que avisarme —explicó el señor Hendricks—. Ella pensó que era otro antiguo niño oculto pasando por un trauma muy raro. Pero cuando empezó a balbucear «mi teléfono, mi teléfono», sospechó. Cerramos todas las puertas y registramos todo el edificio.

Así que eso fue lo que le dijo Jason a la enfermera, pensó Luke. Casi se alegró de no haberlo oído. Bastante pánico había sentido ya.

—En cuanto confiscamos su teléfono —siguió el señor Hendricks—, descubrimos que el último número al que había llamado era el de la Policía de Población. Mientras tanto, tu llamada hizo que George —miró a Talbot— empezara a sospechar.

—Y todo eso sin contarlo abiertamente con los micrófonos de mi teléfono escuchando, muchas gracias —intervino el señor Talbot—. Gracias a tu aviso, tuve tiempo de darle la vuelta a los planes de la propia Policía de Población. Al final detuvimos a dos traidores en lugar de a seis antiguos niños ocultos. Para mí, es un buen intercambio.

A Luke le daba vueltas la cabeza. Por muchas explicaciones que le dieran el señor Talbot y el señor Hendricks, en su mente seguían brotando preguntas como malas hierbas. Los dos hombres lo observaban.

—Nina —dijo por fin Luke—. Nina era la otra traidora.

—Sí —dijo el señor Talbot.

Luke recordó cómo, por un instante, había confundido a Nina con Jen aquella primera noche en el bosque. Cómo había querido que Nina le cayera bien a toda costa. Le gustaba su risa. Pero ella también había resultado ser una traidora.

—¿Qué les va a pasar? —preguntó Luke—. A Jason y a Nina, digo.

El señor Talbot apartó la vista.

—A veces es mejor no saberlo —murmuró.

Luke entendió al momento lo que eso quería decir. Los iban a matar. O los torturarían hasta matarlos, que aún era peor. Un escalofrío le recorrió la espalda. *¿Era culpa mía?* ¿Habría habido alguna forma de salvar a los otros parias sin condenar a Jason y a Nina? No... ellos habían sido quienes eligieron traicionar.

—Este negocio es cruel —dijo el señor Talbot—. No le des más vueltas.

En un rincón de la habitación, un reloj antiguo marcaba los segundos quedamente. Luke intentó poner en orden sus ideas antes de hacer la siguiente pregunta.

—Pero ¿por qué la Policía de Población le creyó a usted y no a Jason? —dijo—. Si hubiera querido, ese agente podría habernos detenido a todos.

Recordó lo prudente que tenía que ser el señor Talbot desde la manifestación, por miedo a que alguien lo relacionara con Jen.

—Pensaba que ahora estaba en desgracia en la central de la Policía de Población. Sin ánimo de ofender, claro —añadió deprisa.

El señor Talbot se encogió de hombros, como si eso de estar «en desgracia» fuera poco más que una picadura de mosquito.

—Tenía las pruebas de mi lado —dijo—. Y a ellos les encantan las pruebas. Y debo reconocer que fue un golpe de genialidad retocar por ordenador aquella foto de Navidad y cambiar la cara de Jen por la tuya.

Pronunció el nombre de Jen con calma, pero Luke vio cómo el señor Hendricks inclinaba la cabeza, casi con respeto, como si guardara un pequeño momento de duelo. Luke no sabía si alguna vez había llegado a conocer a Jen, pero se sorprendió a sí mismo bajando la cabeza también.

—A Jen le habría encantado —dijo Luke—. Que usáramos su foto para engañar a la Policía de Población.

Tuvo que contener una risita. Jen se habría partido de risa.

—¿Y qué mejor forma de recordar a quienes queremos que haciendo algo que a ellos les habría gustado? —preguntó el señor Hendricks.

El señor Talbot asintió en silencio. Hendricks retomó la explicación:

—Y, muchacho, no te haces idea del peso que tiene el nombre que llevas ahora. Lee Grant. Tu padre —el que figura como tu padre en los expedientes— es un hombre muy importante en nuestra sociedad.

—Pero no es mi padre —saltó Luke con más vehemencia de la que pretendía—. Ni siquiera lo conozco. Y yo no soy Lee Grant.

El señor Hendricks y el señor Talbot se miraron. Luke se preguntó si estarían pensando que, al final, no estaba tan preparado.

—Pero sabes fingir que eres Lee Grant —dijo por fin el señor Hendricks—. Y eso es lo que cuenta.

Luke negó con la cabeza, impaciente. De repente estaba harto de tanta palabrería y tantos rodeos. Nada de aquello le parecía de verdad, no como plantar patatas o cuidar judías. Ser granjero era mucho más sencillo: con solo mirar sabías si la cosecha iba bien o *mal*. Aun así, otra pregunta le daba vueltas en la cabeza.

—¿Por qué lo hicieron? —preguntó—. Jason y Nina... ¿por qué traicionaron a sus amigos? A los otros parias.

—Nunca fueron vuestros amigos —respondió el señor Hendricks, con dureza—. Vinieron a los colegios Hendricks y Harlow con un único propósito: localizar y delatar a todos los antiguos niños ocultos que pudieran. Se aprovecharon del deseo secreto que tienen todos los parias de decir su nombre de verdad, porque la Policía de Población necesitaba esos nombres reales para completar la traición. Jason y Nina nunca fueron niños ocultos. Eran simples infiltrados. Impostores.

—Pero el agente de la Policía de Población dijo que eran ilegales con documentos falsos... —objetó Luke.

—La Policía de Población también sabe mentir —dijo el señor Hendricks, con gesto sombrío—. Al Gobierno le viene mejor decir que detiene a terceros hijos que admitir que está arrestando a sus propios traidores.

Luke intentó encajarlo todo. Nina, que hablaba con tanta pasión de la causa de los terceros hijos; Jason, que decía querer proteger a los parias de Hendricks... ¿nunca habían vivido escondidos? ¿Lo único que querían era hacer daño a quienes más confiaban en ellos?

Era un nivel de maldad que Luke nunca habría podido imaginar allá, en la granja.

Y ahora el señor Hendricks y el señor Talbot querían mandarlo a un sitio nuevo, a un lugar todavía más complicado que Hendricks.

—Con todos los respetos para mi amigo —dijo el señor Talbot, inclinando la cabeza hacia Hendricks—, lo cierto es que no sabemos cómo acabaron Jason y Nina trabajando para la Policía de Población, ni por qué vinieron precisamente a estas escuelas. En gran parte, solo podemos imaginarlo. Al fin y al cabo, son críos.

—¿Solo críos? —replicó el señor Hendricks—. ¿Cree que solo los adultos son capaces de hacer cosas así? Naturalmente, tuvo que haber adultos detrás, pero...

—Mañana interrogaré a los dos —lo cortó el señor Talbot, en voz baja—. Digamos que tengo intención de averiguar cosas que a mis compañeros de la Policía de Población no les hará ninguna gracia que sepa. Es muy posible que a esos dos chicos les ofrecieran sobornos considerables por el trabajo. O... —soltó una risa amarga— quizá fueran verdaderos fanáticos entregados a su causa. Quién sabe.

Luke le dio vueltas a aquello. Hacía ya mucho, cuando conoció a Jen, él mismo se había preguntado si la Ley de Población no estaría justificada, si quizá de verdad no tenía derecho a existir, a comerse una comida que podría alimentar a otra persona. Pero Jen lo había convencido de que no, de que todo el mundo tenía derecho a vivir. Fuera quien fuera.

Pero ¿y si Jason y Nina creían de verdad en lo que hacían, incluso rodeados de sus enemigos... igual que el señor Talbot creía en lo suyo, haciendo doble juego con la Policía de Población mientras trabajaba cada día en la central?

Luke se frotó las sienes. Todo aquello le agotaba mentalmente más que el propio examen de Historia. Ojalá todo el mundo pudiera ser simplemente quien era, sin tener que fingir.

El reloj del rincón empezó a dar las horas con campanadas suaves y metálicas. Luke supo la hora sin tener que contarlas: las ocho.

—Bien —dijo el señor Talbot, levantándose—. Tendrás que recoger tus cosas de la habitación antes de que los otros chicos salgan de... ¿cómo lo llamáis?, ¿adoctrinamiento? Y luego puedo llevarte esta misma noche a tu próximo colegio. Te hablaré de él por el camino.

—No —dijo Luke.

El señor Talbot y el señor Hendricks lo miraron desconcertados. Luego el señor Hendricks dejó escapar una breve risa.

—Ah, así que le habéis puesto otro nombre a eso, además de Adoctrinamiento.

Luke entendió el malentendido del anciano. Podía seguirle la corriente, inventarse un nombre tonto para la charla de Adoctrinamiento y fingir que solo protestaba por eso. Pero no era así.

—No —repitió Luke, esta vez con firmeza—. Quiero decir que no quiero irme de Hendricks.

Ahora sí, el señor Talbot y el señor Hendricks se quedaron con la boca abierta, atónitos. Luke casi podía oír lo que pensaban: *Le dimos una identidad nueva. Le dimos un escondite. Hoy le hemos salvado la vida. ¿Y ahora nos dice que no? ¿Cómo se atreve?*

Luke tragó saliva. Ni él mismo tenía muy claro de dónde sacaba el valor.

Solo dos meses antes, cuando salió de casa, no era más que un crío muerto de miedo, casi incapaz de decir una palabra. Llevaba un nombre prestado, ropa prestada... lo único suyo de verdad eran los recuerdos. Pero esos recuerdos valían algo, y él también. No era una ficha de ajedrez que los demás pudieran mover a su antojo.

Pensó en todo lo que había hecho en Hendricks: no solo en cómo había ayudado a desenmascarar a Jason, sino en su huerto, en sus intentos por hacer amigos, en las horas que se había pasado estudiando. *Jen, estarías orgullosa*, pensó. Intentó encontrar la forma de explicárselo al señor Hendricks y al señor Talbot.

—Me alegra que queráis ayudarme —empezó, en voz baja—. Y la verdad... me honra que penséis que ya estoy listo para irme. Pero no creo que haya terminado aquí. Cuando salí de mi escondite les dije a mis padres que quería ayudar a otros terceros hijos. Lo que pasaba es que no sabía cómo. Ahora sí. Quiero ayudarlos aquí.

El señor Talbot y el señor Hendricks se miraron. Luego el señor Talbot volvió a sentarse.

—Cuéntanos más —dijo.

Capítulo 38

El sol apenas despuntaba en el horizonte y ya hacía mucho bochorno. Luke se limpió el sudor de los ojos con el dorso de la mano y enterró otra semilla en la tierra. La temporada ya estaba muy avanzada como para sembrar un huerto, pero habían tenido que esperar a que terminasen los exámenes. Solo podía cruzar los dedos para que las primeras heladas de otoño tardaran en llegar.

Detrás de él, otros cuatro chicos sujetaban una cuerda gruesa, bien tensa a lo largo de los surcos. Uno de ellos se agachaba a toda velocidad, soltaba una semilla y volvía a ponerse en pie.

—Bien, Trey —dijo Luke, riéndose—. Pero sería más fácil si abrieras los ojos.

—Así igual veía algo —refunfuñó Trey—. Aquí fuera todo brilla demasiado.

—Pues entonces usa la nariz —le sugirió Luke.

Trey aspiró hondo.

—Huele tan... limpio —murmuró, maravillado.

—Ya verás cuando pruebes los guisantes que estás plantando —dijo Luke.

Todavía le sorprendía que el señor Hendricks y el señor Talbot hubieran aceptado su idea.

—Nunca fue mi intención dirigir una escuela de agricultores —había rezongado el señor Hendricks—. Algunos de estos chicos vienen de las familias más ricas... o se supone que lo hacen...

—Entonces necesitan saber cómo se cultivan los alimentos igual que cualquiera —respondió Luke, sorprendido del tono de autoridad con el que se había expresado.

A veces se preguntaba si no estaría eligiendo el camino fácil: quedarse en Hendricks porque ya le era familiar, plantar un huerto porque era lo que le gustaba. Pero la Ley de Población había empezado por culpa de la comida, así que nadie podía decir que cultivar alimentos no fuera importante. O quizá ese era precisamente el problema: que la gente había empezado a creer que no lo era.

Luke observó cómo Trey plantaba otra semilla, esta vez con los ojos abiertos.

—¿De verdad esta cosita va a crecer? —preguntó Trey, incrédulo.

Luke asintió.

—Debería —dijo—. Y será tuya.

No había sabido decirle al señor Hendricks y al señor Talbot cuánto tiempo más quería seguir en la escuela Hendricks. Los exámenes de la semana anterior le habían dejado claro que en su educación había muchos huecos, y ahora sabía que allí podía aprender. Y, pasara lo que pasara, estaba seguro de que a los otros chicos les vendría bien salir al aire libre.

—¿Eres algo así como un profe? —preguntó uno de los chicos que estaban detrás de Trey. Hablaba con cautela, como un niño pequeño que acaba de aprender a usar las palabras—. ¿Cómo te llamas?

—Llámame solo «L» —dijo Luke, sin pensarlo.

¿De dónde había salido eso? No era Luke, no era Lee... era, de alguna manera, las dos cosas a la vez.

Como él mismo.

Este libro se terminó de
editar en Madrid
el 14 de diciembre de 2025,
san Juan de la Cruz.